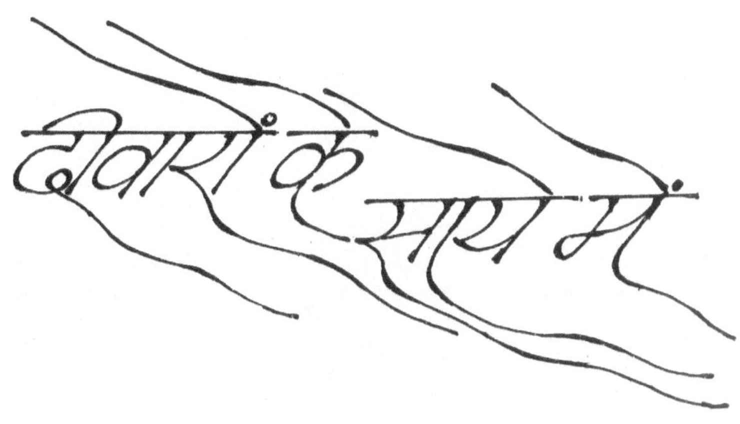

दीवारों के साये में

AF358768

ISBN : 9788170287131

संस्करण : 2022 © अमृता प्रीतम

DEEWARON KE SAAYE MEIN (Literary Collection )

by Amrita Pritam

**राजपाल एण्ड सन्ज़**

1590, मदरसा रोड, कश्मीरी गेट, दिल्ली–110006

फोन : 011–23869812, 23865483, 23867791

e-mail : sales@rajpalpublishing.com

www.rajpalpublishing.com

www.facebook.com/rajpalandsons

# दीवारों के साये में

अमृता प्रीतम

उन सबके नाम
जो अपने अंतर में पड़ी हुई दीवारों से
मुक्त होना चाहते हैं...

# क्रम

# शतरूपा

शिव है का आधार तत्त्व है और शक्ति होने का आधार तत्त्व; वह संकल्पहीन हो जाएँ तो एकरूप होते हैं। संकल्पशील हो जाएँ तो दो रूप होते हैं। इसलिए वे दोनों तत्त्व हर रचना में होते हैं, इन्सानी काया में भी। कुदरत की ओर से उनकी एक सी अहमियत होती है। इसीलिए पूरे ब्रह्मांड की बारह राशियों में से छह पुरुष राशियाँ होती हैं और छह स्त्री राशियाँ।

शतरूपा धरती की पहली स्त्री थी, ठीक उसी तरह, जिस तरह मनु पहला पुरुष था। ब्रह्मा ने आधे शरीर से मनु को जन्म दिया और अपने आधे शरीर से शतरूपा को। मनु इन्सानी नस्ल का पिता था, और शतरूपा इन्सानी नस्ल की माँ।

रजनीश जी के लफ़्ज़ों में—'सारी तहज़ीब स्त्री के आधार पर बनी। घर न होता, तो नगर न होते। नगर न होते तो तहज़ीब नहीं बन सकती थी। दोनों अलग-अलग कोण पर होते हैं, इसीलिए एक-दूसरे के लिए बराबर कशिश बनी रहती है। लेकिन दोनों के सहज मन अलग-अलग होते हैं। इसलिए प्रेम, मर्द के लिए बंधन हो जाता है, औरत के लिए मुक्ति।'

अंतर मन की यात्रा दोनों करते हैं, लेकिन रास्ते अलग-अलग होते हैं। मर्द हठ-योग तक जा सकता है और औरत प्रेम की गहराई में उतर सकती है। साधना एक विधि होती है, लेकिन प्रेम की कोई विधि नहीं होती। इसीलिए मठ और मज़हब मर्द बनाता है, औरत कभी कोई मज़हब नहीं चलाती।

लोगों के मन में सवाल उठा था कि बुद्ध और महावीर जैसे आत्मिक पुरुषों ने अपनी-अपनी साधना विधि में औरत को लेने से इनकार क्यों किया? इस प्रश्न की गहराई में उतर कर रजनीश ने कहा—'बुद्ध का संन्यास पुरुष का संन्यास है, घर छोड़ कर जंगल को जाने वाला संन्यास, जो स्त्री के सहज मन के विपरीत है। वह स्त्री के सहज मन को जानते थे कि उसका होना जंगल को भी घर बना देगा। इसी तरह महावीर जानते थे कि स्त्री बहुत बड़ी घटना है। उससे प्रेम की राह से मुक्त होना है, साधना की राह से नहीं। उसका होना ध्यान साधना का रास्ता बदल देगा। वह तो महावीर की मूर्ति को भी प्रेम करने लगेगी, उसकी आरती करेगी, हाथों में फूल लेकर नृत्य करने लगेगी। उसके मन का कमल प्रेम में खिलता है। ध्यान साधना में नहीं।'

# वेदना

मर्द ने अपनी पहचान मैं लफ़्ज़ में पानी होती है, औरत ने मेरा लफ़्ज़ में...

'मैं' शब्द में 'स्वयं' का दीदार होता है, और 'मेरा' शब्द 'प्यार' के धागों में लिपटा हुआ होता है...

लेकिन अंतर मन की यात्रा रुक जाए तो मैं लफ़्ज़ महज़ अहंकार हो जाता है और मेरा लफ़्ज़ उदासीनता। उस समय स्त्री वस्तु हो जाती है, और पुरुष वस्तु का मालिक।

मालिक होना उदासीनता नहीं जानता, लेकिन मलकियत उसकी वेदना जानती है।

रजनीश जी के लफ़्ज़ों में ''वेदना का अनुवाद दुनिया की किसी भाषा में नहीं हो सकता। इसका एक अर्थ 'पीड़ा' होता है, पर दूसरा अर्थ 'ज्ञान' होता है। यह मूल धातु 'वेद' से बना है, जिस से विद्वान बनता है—ज्ञान को जानने वाला। और वेदना का अर्थ हो जाता है—जो दुःख के ज्ञान को जानता है।'' सो इस वेदना के पहलू से कुछ उन गीतों को देखना होगा, जो धरती की और मन की मिट्टी से पनपते हैं।

लोकगीत बहुत व्यापक दुःख से जन्म लेता है, वह उस हकीकत की ज़मीन पर पैर रखता है, जो बहुत व्यापक रूप में एक हकीकत बन चुकी होती है।

इसी तरह कहावतें भी ऐसे संस्कारों से बनती हैं, जो परत दर परत बहुत कुछ अपने में लपेट कर रखती हैं। जैसे कभी बंगाल में कहावत थी—''जो औरत पढ़ना लिखना सीखती है, वह दूसरे जन्म में वेश्या होकर जन्म लेती है।''*

हमारे देश की अलग-अलग भाषाओं के होंठों पर ऐसी कितनी कहावतें और गीत सुलगते हैं। आम स्त्री की हालत का अनुमान कुछ उन्हीं से लगाना होगा...

---

*पुराण पुरुष योगिराज श्री श्यामाचरण लाहिड़ी, पृ. 12

# तिरिया जन्म झन देव

आदिवासी औरतें तोते को ऐसा कासद मानती हैं जो ईश्वर के पास उनकी फ़रियाद लेकर जा सकता है। इसीलिए वे कार्तिक के महीने में धनतेरस के दिन सुआ नृत्य करती हैं—तोता नाच।

नृत्य के समय औरतों की गिनती 12 होती है, जिसमें लगता है कि वे उन बारह राशियों का प्रतीक हो जाती हैं—जिनसे पूरा ब्रह्माण्ड देखा जा सकता है। वक़्त का कोई टुकड़ा 12 राशियों से बाहर नहीं रहता इसलिए उनकी फ़रियाद पूरे काल में से गुज़रती है।

इस नाच के साथ कोई साज़ नहीं होता, सिर्फ़ तालियों की लय होती है। नाच से पहले भी सिर्फ़ तालियाँ होती हैं, एक लय में, जैसे साज़ सुर किए जा रहे हों और समय बँध जाता है।

फिर वह आहिस्ता-आहिस्ता अपने बदन को हिलाती है, हर ओर, जैसे पिंजरे में पड़ा हुआ तोता पिंजरे की सलाखों से सिर पटकता है।

तालियों के अलावा, नाच के समय उनके हाथों-पैरों और कलाइयों में पड़े हुए ज़ेवर ताल देते हैं।

12 औरतें में जो सबसे छोटी उम्र की होती है, मासूमियत का प्रतीक, उसके सिर पर बाँस की बनी डलियाँ होती हैं, जिसमें मिट्टी का, हरे रंग का तोता रखा जाता है—संदेशवाहक का प्रतीक।

उस समय सब औरतें अपनी कमर के गिर्द कपड़े के छह बल देती हैं। आज इस 6 अंक का उनके पास कोई जवाब नहीं, पर लगता है—जब यह रस्म शुरू हुई थी, सोच-समझ कर हुई थी। अनुमान होता है कि ब्रह्माण्ड की जो बारह राशियाँ होती हैं, उनमें से 6 पुरुष राशियाँ होती हैं और 6 स्त्री राशियाँ। और कमर के गिर्द जो कपड़े के छह बल दिए जाते हैं, उनका संकेत 6 स्त्री राशियों की ओर है। और यह केवल स्त्री की व्यथा है।

इस तरह वे गाती-नाचती गाँव के हर द्वार पर जाती हैं। गीत की पंक्ति होती है-तिरिया जन्म झन देव। यानी हमें फिर स्त्री का जन्म न देना! यह बात तोता जाकर कहेगा ईश्वर से...

औरत का जन्म पाकर, घरों के जिन दुखों में से गुज़रना होता है—उसका कुछ संकेत दूसरी पंक्तियों में मिलता है—‘‘ससुर के संग चलूँ तो बोझा उठाना पड़ता है। सास के संग चलूँ तो कितने ही उलाहने और कितनी ही शिकायतें सुननी पड़ती हैं। अकेली चलूँ तो लोग बातें करते हैं—और वे तोते के माध्यम से फ़रियाद करती हैं—ईश्वर! मुझे फिर से नारी का जन्म मत देना!’’

## सर्प के फन की छाया में

एक तेलुगु गीत सुनते हुए कान तड़पने लगते हैं—जिसमें बेटी का दर्द फ़रियाद नहीं बनता। बेटी के...होंठ सिसक जाते हैं, पर माँ की नज़र की गहराई बेटी की तकदीर जानती है। यह तकदीर उसने खुद भी बदन पर झेली थी, इसलिए उसका तपता बदन तड़पने की बात नहीं करता, बेटी को हौसला होता है, सब कुछ झेल गुज़रने की हिम्मत देता है। माँ कहती है—हर एक मेंढकी को सर्प की छाया में जीना होता है...

छोटे से ताल में खेलती हुई मेंढकी, सर्प के फन की छाया में घर बसाती है। परम्परा के होंठ इस गीत को गाते हैं, और कुछ नहीं कहते। जानते हैं—कि घर से बाहर कड़ी धूप है, इसलिए बेटी के सिर के लिए छाया खरीदनी है, भले ही वह सर्प के फन की छाया हो! बेटी के सिर की छाया, बेटी के लिए नेकनामी है, इज़्ज़त-आबरू है, भले ही डंक का खतरा हमेशा सिर पर तना रहता है...

## हंडिया में भेड़ का गोश्त पकता है— लेकिन बहू की थाली में तो पत्थर ही होगा...

कश्मीर की ललारिफ़ा योगिनी थी; उनके कहे हुए कई 'वारक' साधना के बीज मंत्र बन गए। लेकिन उसकी ज़िन्दगी के कितने ही बरस थे, ससुराल के घर की ज़िन्दगी के, जो बहुत बड़ी यातना थे। वह दूर से पानी भर कर लाती। कुछ देर हो जाती, तो घर में कदम रखते ही सास की गालियाँ बरस जातीं। उसे खाने के लिए जो भात की थाली दी जाती उसमें एक पत्थर रख कर भात परस दिया जाता कि थाली भरी हुई लगे...

कहते हैं—एक बार घर में दावत थी, बड़ी-सी हंडिया में भेड़ का गोश्त पकाया जा रहा था, हमसाइयों ने आहिस्ता से उसके कान में कहा—आज तो तुम्हें भी अच्छा खाना मिलेगा। और कहते हैं—उस वक़्त ललारिफ़ा ने कहा—हंडिया में भेड़ का गोश्त भले ही पकता रहे, लेकिन बहू की थाली में तो वही पत्थर होगा।

## छोरी तो करम जली

नेपाल का गीत है, लोरी जैसा, जो बेटी के जन्म के बाद उसे गोद में लेते हुए एक विलाप-सा हो जाता है। माँ को बेटी के नन्हे-नन्हे हाथों में, सारी ज़िन्दगी के लिए पकड़ा हुआ झाड़ू दिखाई देता है। और गीत उसके होंठों पर बिलखता है—छोरी तो करमजली—हाथ में झाड़ू और पोचा...

माँ की नज़र दूर तक आने वाले बरसों को देखती है, बेटी के हाथों में पकड़ा हुआ झाड़ू दिखाई देता है...और जब ये सब कुछ झेलने लगती है, झाड़ू की हत्थी को कस कर बाँधती हुई, बिखरती हुई हर तीली को सँभालती है, तो बिलख सी उठती है—फूल खिल गया तोरी का, री मइया किसी को जन्म न देना छोरी का...

## सात जन्म का शाप

मणिपुर में आर्थिक पहलू से औरत की हैसियत अच्छी है। अनाज-कपड़े की मंडी उसके हाथ में है, जिसे 'इमा मंडी' कहते हैं। 'इ' का अर्थ है मेरी, और 'मा' का अर्थ है माँ। यानी मेरी माँ की मंडी, व्यापार की मंडी। इसलिए रोटी रोज़गार औरत के हाथ में होता है।

और मणिपुर के इतिहास में अपनी धरती की आज़ादी का दिन भी औरत के संघर्ष से जुड़ा हुआ है, जो हर बरस मनाया जाता है। इस दिन को नुणी लाल कहा जाता है। नुणी का अर्थ है—औरत, और लाल का अर्थ है—जंग। यानी औरत की जंग। यह इतिहास अंग्रेज़ों के राज के समय बना था, जब कुछ अंग्रेज़ अफ़सरों ने मणिपुर की कुछ सुन्दरियों को अपनी रखैलें बना लिया। मणिपुर की सारी औरत ज़ात गुस्से में खौल गई कि बियाहे हुए अफ़सर, बियाही हुई औरतों पर भी हाथ डालने लगे थे। अनाज की मंडी औरतों के हाथ में थी, इसलिए उन्होंने आलू, चावल जैसी वस्तुओं को देश से बाहर ले जाने के रास्ते बंद कर दिए। यह एक लम्बा संघर्ष था—लेकिन औरतों ने अपनी स्वतंत्रता जीत ली। इसलिए औरतों के नाम पर आज भी वह स्वतंत्रता दिवस सरकारी छुट्टियों में शामिल है।

मणिपुर की तहज़ीब, बाहर की आमद को नहीं झेलती। इस हद तक कि दूसरे प्रांतों के लोग, पंजाबी और बंगाली बरसों से बसे हुए हैं; अपने घर बना कर रहते हैं, उन्हें भी मणिपुर की सभ्यता 'मयंग' कहती है। मयंग का अर्थ है—बाहर का आदमी, दूसरी जगह का जो अपना नहीं।

लेकिन कई पहलुओं से वहाँ की शक्तिशाली औरत भी, महज़ शारीरिक बल पर जीने वाले मर्द समाज से अपने अस्तित्व का अधिकार नहीं ले पाई। इस निराशा ने कई लोक गीतों को जन्म दिया है, जो तड़प कर कहते हैं—सात जन्मों का शाप था—जो मैंने स्त्री का जन्म लिया...


## नदिया के पार काहे दिया री माँ

बंगाल के पुरुलिया ज़िले का एक गीत है—नदिया के पार काहे दिया री माँ! बाढ़ आई डूब जाऊँगी...

जिस घर से मन का नाता है—वहाँ जाने के लिए, रास्ते में नदी पड़ती हो, तो बात परदेस सी हो जाती है और मन-की-मन में रह जाती है। और सारी पीड़ा अकेले में पीनी होती है। इसीलिए थकी-सी लड़की एक ही रास्ता देखती है—कि जब नदी में बाढ़ आएगी, तो डूब जाऊँगी...

यह नदिया की गाथा दो अर्थों में है—एक तो नदिया भर जाए, तो डूबना आसान होगा। और दूसरी पंक्ति दूसरे अर्थों में है—नदिया तो भर बहती है मइया, मैं पानी से बिछड़ी मछली...

दर्द एक है—उसकी परतें दो हैं। एक प्यास है—पानी को खोजती हुई, और एक पानी में पनाह लेने की—नदिया भर बहती है, लेकिन अन्तर को दो बूँद पानी चाहिए—वह कहीं नहीं...

## माँ री काहे को जन्म दिया

पंजाब का यह गीत—'कनकां लम्मियां नी माएँ, धियाँ क्यों जम्मियाँ नी माएँ,'—पीड़ा को पीते-पीते होंठों पर जमी सिकड़ी सा हो गया है...

यह माँ के पास बैठ कर दिया हुआ उलाहना नहीं, बेटी जानती है कि 'क्यों' का उत्तर माँ के पास नहीं होता। यह माँ की कल्पना करते हुए किया हुआ प्रश्न है—कि माँ के अलावा कल्पना करने के लिए भी कुछ बचता नहीं...हो सकता है—बेटी के होंठों पर आई हुई उस आवाज़ को सुन कर हंडिया की दाल छलक जाती हो, या कपड़े की सिलाई करती हुई सूई उँगली के लहू में भीग जाती हो, या झाड़ू का कोई तीला झाड़ू की मुट्ठी से निकल कर, उसकी ओर देखता रह जाता हो, या उसके सिर का दुपट्टा आहिस्ता से उसके आँसू छाती से लगा लेता हो...और हो सकता है—कि हवा में बहते हुए, यह हर्फ़ कभी गिरते-पड़ते माँ के कानों तक पहुँचते हों और वह शून्य में देखती रह जाती हो...

## नाच री घुमा

यह महाराष्ट्र का परम्परागत गीत है, जो किसी के ब्याह के बाद मंगल गौरी की पूजा वाली रात गाया जाता है। नई ब्याही लड़की 'घुमा' होती है, और उसके गिर्द खूब ज़ेवर पहन कर और रेशमी वस्त्रों में सजी हुई औरतें खड़ी होकर, ताली देती हुई गाती हैं।

वे सब नातेदार औरतें समाज की परम्परा, संस्कृति, रस्मो-रिवाज, रीति-नियम, मर्यादा और घर की दहलीज़ का प्रतीक होती हैं—जिनके बाहर उस घुमा ने कभी नहीं जाना होता। यह सीधा आदेश होता है कि अब से घुमा ने सारी ज़िन्दगी उनके ताल पर नाचना है...घुमा लफ़्ज़ चुपचाप गुम होकर जीने के अर्थों को लिए हुए है...

कुछ कहानियाँ...
जो कहानियाँ नहीं हैं...

# बहुत दिन हुए

दुनिया की बेशुमार कहानियाँ हैं, जो दिलों में क्या गुज़रती है, उसका कुछ अता-पता देती हैं। लेकिन जाने और कितनी जवानियाँ हैं, जो घरों की दीवारों से लग कर रोती हुई, हरे पत्तों से पीले पत्तों सी हो जाती हैं, और दूसरे कान खबर नहीं पहुँचती...

मैंने ज़िन्दगी में, बहुत से दिलों की बात पास बैठ कर सुनी या थोड़ी सी दूर खड़े होकर देखी, और फिर कई कहानियों में उतारी। लेकिन एक घटना थी, उन दिनों की, जब मैं स्कूल में पढ़ती थी। वहाँ एक सहेली थी, बन्ती। उस बिलखती हुई को, बहुत पास से देखा। वह घटना शायद इस तरह मेरे भीतर न उतर पाती, लेकिन वह बात एक नया मोड़ काट गई थी। बन्ती ने अपने भरे हुए दिल से, किसी और की पीड़ा पहचान ली, उस रिश्ते में, जिस रिश्ते में कभी किसी ने ऐसा होते हुए न सुना होगा, न देखा होगा। और इसीलिए वह घटना जब भी याद आती है, बेचैन-सी हो उठती हूँ...

कभी मैंने उस सारी बात को कहानी कह कर सँभाल लिया था, और कहानी को नाम दिया था—'एक रूमाल, एक अँगूठी, एक छलनी'...लेकिन वह कहानी नहीं थी, उसमें मेरी कल्पना का कुछ भी शामिल नहीं था।

आज कई भाषाओं के लोक गीतों की पंक्तियाँ कहते-सुनते, वह बहुत दिन पहले की घटना फिर से मेरे मन में सुलगने लगी है, इसलिए उसे यहाँ दर्ज करना ही होगा...

## एक रूमाल, एक अँगूठी, एक छलनी

कच्ची पहली से लेकर आठवीं तक बन्ती हमारे साथ पढ़ती रही थी। अभी वह पाँचवीं में पहुँची ही थी, उसके पिता उसे स्कूल से छुड़ाने के लिए आ गए। हमारे स्कूल की बड़ी उस्तादनी ने बन्ती की फ़ीस माफ़ कर दी और यों उसे स्कूल न छोड़ने दिया।

सातवीं और आठवीं कक्षा की लड़कियाँ देखने में एक साथ एक कमरे में बैठती थीं, पर आधी छुट्टी के समय आठवीं की लड़कियाँ हम सातवीं की लड़कियों को पास नहीं फटकने देती थीं। हमेशा अलग-होकर बातें करती रहतीं। हम सातवीं की लड़कियाँ जब उनके निकट आतीं तो वे हमें दूर हटा देतीं। हमें आठवीं की लड़कियों पर गुस्सा आता था और हम सोचती थीं कि हम जब आठवीं में होंगी तो सातवीं की लड़कियों के साथ कभी इस तरह नहीं करेंगी।

और फिर हम आठवीं कक्षा में चढ़ीं। गर्मियों की छुट्टियों के बाद जब स्कूल खुले, हमसे भी वही बात हो गई, जो हमने सोचा था कि हम कभी नहीं करेंगी। यह

तेरहवाँ-चौदहवाँ वर्ष, पता नहीं, कैसा होता है! यह शायद एक दहलीज़ होती है बचपन और जवानी के बीच में। इस वर्ष लड़कियों का एक पाँव दहलीज़ के इधर और एक पाँव दहलीज़ के उधर होता है।

इन गर्मी की छुट्टियों में बन्ती को एक पड़ोसी लड़का सवाल समझा रहा था। हर रोज़ छुट्टी के समय बन्ती हमें छिप-छिपकर उसकी बातें सुनाया करती थी। अब हम आठवीं की लड़कियाँ आधी छुट्टी के समय सातवीं की लड़कियों को पास नहीं फटकने देती थीं।

जिस दिन बन्ती हमें उस लड़के की बात न सुनाती, हमें ऐसा लगता जैसे उस दिन स्कूल में आधी छुट्टी हुई ही नहीं थी।

''मेरी तो हँस-बोल लेने की प्रीत है, और मुझे क्या लेना है उससे! और उसने क्या लेना है मुझसे!'' कभी-कभी बन्ती हमें इस तरह कहकर टालने लग गई थी।

बन्ती लाख टालती, पर उसके चेहरे से हमें प्रतीत होने लगा था कि वह हँस-बोल लेने की प्रीत अब बन्ती के कण्ठ से होकर उसके दिल में उतरने लग गई थी। तभी तो अक्सर उसकी जुबान खुश्क हो जाती और वह ज्यादा बातें नहीं कर पाती थी!

एक दिन उस पागल ने अपने हाथ में पेंसिल पकड़ी और गणित की कॉपी पर कोई बीस जगह उसका नाम लिख दिया—'राजू...राजू...राजू।' हमारी उस्तादनी ने उसकी कॉपी देख ली। कक्षा में तो उसे कुछ न कहा, पर जब आधी छुट्टी हुई तो उसे अपने कमरे में बुलाया और कमरे का दरवाज़ा बन्द कर लिया। बन्ती की मानो शामत आई हुई थी। पर हम तो बन्ती की सहेलियाँ थीं। हम सबके चेहरे उतरे हुए थे। काफ़ी समय के बाद जब बन्ती बाहर आई तो रो-रोकर उसकी आँखें लाल हो चुकी थीं। कॉपी पर जहाँ-जहाँ राजू का नाम लिखा था, उस्तादनी ने रबर से उसे मिटा दिया था।

आठवीं कक्षा जब एक नाव की तरह वार्षिक परीक्षा के किनारे लग गई तो सभी लड़कियाँ यात्रियों की तरह ही एक-दूसरे से अलग हो गईं। हमारा यह स्कूल आठवीं कक्षा तक ही था। बहुत-सी लड़कियाँ अलग-अलग स्कूलों में दाखिल हो गईं। बन्ती सिलाई स्कूल में चली गई।

दो साल बाद मुझे बन्ती के विवाह का कार्ड मिला। और लड़कियों को भी गया होगा। मैंने जल्दी से कार्ड पर लड़के का नाम पढ़ा, लिखा था—'कर्मचन्द'।

कार्ड पर 'राजू' के बजाय यद्यपि 'कर्मचन्द' लिखा हुआ था, तो भी वह विवाह का कार्ड, और हर एक को विवाह की बधाई लेने का हक होता है, मैं भी बन्ती के विवाह पर गई, उसे बधाई देने के लिए।

बन्ती के हाथों में मेहंदी, बन्ती की बाँहों में कलीरे। मैंने बन्ती को बधाई दी।

मैं बन्ती के उस हँस-बोल लेने की प्रीत के बारे में कोई बात नहीं करना

चाहती थी, पर कुछ देर बाद वही मुझे एक तरफ़ ले गई और बोली :

''मेरी एक चीज़ सँभालकर रख लोगी ?''

''क्या ?''

''एक रूमाल।''

मुझे यह पूछने की ज़रूरत नहीं थी कि रूमाल किसका है। रूमाल राजू का ही हो सकता था।

''इसमें ऐसी कौन-सी बात है। रूमाल तुम अपनी और चीज़ों के साथ ही कहीं रख लो न!''

''पर उसके एक कोने में उसका नाम लिखा हुआ है।''

''किसी को क्या पता, वह किसका नाम है ?''

''सिर्फ़ राज लिखा होता—कोई देखता, पूछता, तो मैं कह देती, मेरी सहेली का नाम है। पर 'राजू' लिखा हुआ है। राजू तो लड़कियों का नाम नहीं होता!''

''किस चीज़ से लिखा हुआ है ?''

''उसने एक दिन पेन्सिल से लिख दिया था। मैंने सूई लेकर धागे से कढ़ाई कर दी!''

''धागा उधेड़ डालो!''

''उधेड़ डालूँ? यह तो मुझे ख़याल ही नहीं आया!'' बन्ती ने एक लम्बी साँस भरी। कहने लगी, ''तुम्हें याद है, एक दिन हमारी उस्तादनी ने रबर लेकर मेरी कॉपी में से उसका नाम ही मिटा डाला था ? आज मैं उसी तरह से उसका नाम उधेड़ देती हूँ।''

मेरा मन भर आया। बन्ती ने मेरे सामने ट्रंक में से सुर्ख रेशमी रूमाल निकाला और सूई लेकर उस पर कढ़ा राजू का नाम उधेड़ने में लग गई। बन्ती ने ही तो उसका नाम काढ़ा था। बन्ती ही की कॉपी पर से उसकी उस्तादनी ने राजू का नाम मिटा डाला था। विवाह के कार्ड पर समाज ने राजू का नाम न लिखने दिया; और आज वही बन्ती मेहंदी लगे हाथों से रूमाल पर से उसका नाम उधेड़ रही है।

''चलो, छोड़ो अब इन बातों को। तुम ख़ुद तो कहा करती थीं, 'यह हँस-बोल लेने की प्रीत'...''

''सोचा तो यही था पर हँस-बोल लेने का प्यार मेरी हड्डियों में समा गया है। लहू में रच गया है।'' बन्ती की आँखें भर आईं।

''सुना है तुम्हारे ससुराल वाले बहुत अमीर हैं! अच्छे कर्मोंवाली हो तुम ? उसका नाम भी कर्मचन्द...।'' कितनी देर बाद मैंने बात को मोड़ा।

''नामों से भी कर्म बनते हैं ?'' बन्ती ने सिर्फ़ इतना ही कहा।

''कभी चिट्ठी लिखा करोगी, या शाहनी बनकर हम सबको भूल जाओगी ?''

''कहीं भूलना अपने बस में होता है!'' बन्ती ने एक लम्बी आह भरी। इस

समय भी शायद उसके मन में सहेलियों का ख़याल नहीं था, सिर्फ़ राजू का ख़याल था।

''राजू को तुम चाहे भूलो, न भूलो, पर चिट्ठी तो तुम उसे लिख नहीं सकोगी! हमें कभी-कभी लिख दिया करना, चाहे चिट्ठी में राजू की ही बातें लिखना!''

''अच्छा, कभी-कभी मन की भड़ास निकाल लिया करूँगी, पर एक बात है।''

''क्या?''

''तुम मुझे उसकी बात कभी न लिखना। पता नहीं वे लोग कैसे हैं। बिलकुल गाँव में रहते हैं। सुना है, चिट्ठी भी वहाँ हफ़्ते दो हफ़्ते में दो बार जाती है। पते पर ज़िला, तहसील, डाकखाना, गाँव और न जाने क्या-क्या लिखना पड़ता है! शायद वे लोग मेरी चिट्ठी को पढ़कर ही मुझे दिया करेंगे!''

बन्ती को ससुराल गए आज पन्द्रह वर्ष हो गए हैं। पहले चार-पाँच वर्षों में उसने मुझे कुछ पत्र लिखे। ज़्यादा नहीं, पर जितने भी लिखे उनमें उसके मन की भड़ास थी। मैं बन्ती को हमेशा जवाब देती रही, पर उसके कहने के मुताबिक सिर्फ़ रस्मी किस्म के ही जवाब उसके पास पहुँचते रहे। कभी उसके मन की बातों का जवाब नहीं लिखा।

फिर दस वर्ष, बन्ती को पता नहीं क्या हुआ, उसने मुझे कोई पत्र न लिखा। मैंने समझा, अब वह अपने परिवार में खो गई होगी। मैंने भी कभी उसे पत्र न लिखा। सोचा, 'कहीं मेरा पत्र उसकी किसी सोई हुई पीड़ा को न जगा दे।'

पर आज बन्ती का अचानक पत्र आया है। पता नहीं यह कैसा पत्र है! इसमें सिर्फ़ उसके मन की आवाज़ नहीं इसमें जैसे हर स्त्री के मन की आवाज़ हो!

मेरा मन भरा हुआ है। उसने मुझे जवाब देने से रोका है, नहीं तो मैं आज उसे बहुत लम्बा पत्र लिखती और मेरा मन हल्का हो जाता।

आज मैंने उसके सारे पुराने पत्र निकाले हैं (बीच के दो-तीन पत्र नहीं मिल रहे) और आज का पत्र भी सामने रखा हुआ है। एक बार सारे पत्रों को पढ़ रही हूँ। एक स्त्री के मन की आवाज़...


...!

कैसा गाँव है! जो आज का काम, वही कल का काम। यह पता नहीं लगता कि आज कौन सा दिन है! सिर्फ़ जब गाँव में डाकिया आता है तो पता लगता है कि आज मंगलवार है या शनिवार। यहाँ पूरे हफ़्ते में दो बार डाकिया आता है, जैसे शहरों में तेल-ताँबा माँगने वाले हफ़्ते में दो बार आते हैं।

जब डाकिया आता है, मुझे ऐसा लगता है मानो वह कह रहा है, 'मंगलवार, टले भार तेल-ताँबे का दान!' या 'शनिवार, टले भार तेल-ताँबे का दान!' पर वे लोग पता नहीं कैसा तेल-ताँबे का दान करते हैं जिन्हें उनके मित्रों के पत्र आते हैं।

मैं किसके पत्र के लिए डाकिए का रास्ता देखूँ?

अच्छा तुम्हीं मुझे दो शब्द लिख देना। कोई बात न लिखना पत्र में। बस, इतना ही कि तुम्हें मेरा पत्र मिल गया। मैं इतनी बात के लिए ही डाकिए का रास्ता देखूँगी।

तुम्हारी<br>बन्ती

...!

तुमने बारात में मेरा ससुर देखा था, खिज़ाब-रंगी दाढ़ीवाला! अगर तुम मेरी सास को देखो तो सच कहती हूँ, हैरान रह जाओ। सास तो क्या, अभी वह पुत्रवधू भी नहीं लगती, बिलकुल क्वारी लगती है। उम्र में वह मुझसे तीन-चार वर्ष ही बड़ी होगी, पर शारीरिक तौर पर बहुत कोमल है, पतली-सी लचकती हुई हिरनी जैसी। चाहे वह मेरी सौतेली सास है, पर है तो सास ही न! अगर वह मेरी सास न होती तो सच कहती हूँ उसे अपनी सहेली बना लेती।

आज मंगलवार था। डाकिए को आना था। मुझे ख़याल आया, शायद तुम्हारा पत्र आए। मैं दरवाज़े में खड़ी होकर डाकिए का रास्ता देखने लगी। मेरी सास भी मेरे पास आकर खड़ी हो गई।

डाकिया आया। उसने मुझे एक पत्र दिया। मैंने सास के चेहरे की ओर देखा। उसका चेहरा उदास था। ऐसे लगता था जैसे आज ज़रूर ही किसी का पत्र उसके लिए आना था पर आया नहीं।

''भाभी, कोई चिट्ठी आनी थी तुम्हारी?'' मैंने उसे इतनी उदास देखकर पूछा।

''मुझे किसकी चिट्ठी आएगी?'' पहले तो उसने यह कहा और फिर कहने लगी, ''आनी तो थी एक चिट्ठी, पर आई नहीं।''

''किसकी चिट्ठी?'' मैंने फिर पूछा।

''ईश्वर की चिट्ठी! और मुझे किसकी चिट्ठी आएगी?'' लगता था वह अभी रो पड़ेगी, पर वह रोई नहीं। या ऐसा रोना रोई जो किसी को दिखाई नहीं दिया! देखा, हम स्त्रियाँ कैसा रोना रो सकती हैं! कभी-कभी मेरा दिल करता है, मैं भी ज़ोर से रोऊँ और वह भी ज़ोर-ज़ोर से रो सके।

तुम्हारी<br>बन्ती

...!

सच मानो, जब से यहाँ आई हूँ, मुझे यह घर कभी अपना नहीं लगा। बिलकुल मेहमान-सी लगती हूँ इस घर में। अब इस घर ने मुझे बाँध लिया है। एक छोटा-सा राजू आ गया है मुझे बाँधने वाला। घर के सभी लोग उसे दीपक कहकर बुलाते हैं।

शाम के समय काफ़ी ठण्डक उतर आती है। मैं एक लाल रेशमी रूमाल उसके सिर पर बाँध देती हूँ। लाल रूमाल में वह और भी सुन्दर लगता है। मैं उसे गोद में लेकर देर तक उसका मुँह देखती रहती हूँ।

तुम्हारी<br>बन्ती

...!

मेरा राजू तीन वर्ष का हो गया है। तुम्हें अपने मन की बात बताऊँ? कभी-कभी जब मैं राजू की ओर देखती हूँ तो देखते-देखते उसका मुँह बड़ा हो जाता है। उसका कद भी बड़ा हो जाता है, जैसे मेरा राजू पच्चीस वर्ष का हो गया हो और मैं अभी बीस वर्ष की हूँ। देखा, मैं कितनी पागल हूँ।

बड़ा शरारती है मेरा राजू। अभी मेरे पास खेल रहा था। अभी रसोई में जा पहुँचा है। गर्म चूल्हे में पानी का गिलास उँड़ेल दिया है। सारा चूल्हा फट गया है। मेरी सास बेचारी को दिन-भर लगकर बनाना पड़ेगा।

हाँ, तुम्हें एक बात बताऊँ। मेरी सास चूल्हा क्या बनाती है, जैसे कोई बुत तराशती हो। तुमने कहीं ऐसा बाँका चूल्हा नहीं देखा होगा! उसे चूल्हा बनाने का बहुत चाव है। थोड़े-थोड़े दिनों के बाद चूल्हा तोड़कर फिर से बनाने लगती है। जिस दिन वह अन्दर का चूल्हा बनाती है उस दिन मैं बाहर के चूल्हे पर रोटी बनाती हूँ। वैसे जहाँ तक बन पड़ता है, वह खाना पकाने का सारा काम स्वयं ही करती है। जब वह पन्द्रह-बीस दिन बाद रसोई का चूल्हा तोड़कर नया बनाने लगती है, उस दिन खाना पकाने के काम को हाथ नहीं लगाती। चूल्हा बनाने का तो उसे कोई ख़ब्त है! आए दिन मिट्टी गूँधती और साथ में गाती है।

वैसे मैंने कभी उसे गाते हुए नहीं सुना। गाना तो एक तरफ़, उसे कभी मन भरकर बातें करते हुए भी नहीं सुना; पर चूल्हा बनाते समय वह ऐसे गाती है, जैसे कोई चरखा काते और लम्बा गीत शुरू कर दे! ईश्वर ही जाने उसके मन पर क्या गुज़रती है! माता-पिता ने भी तो उसकी जवानी से धोखा किया है! हीरे जैसी लड़की को तराजू में रखकर चाँदी के रुपयों की एवज कंकड़ के पल्ले बाँध दिया!

अच्छा, दो शब्द जल्दी लिखना।

तुम्हारी<br>बन्ती

...!

तुमने गीतों के बारे में पूछा है जो मेरी सास गाती है। पूरा गीत उसने कभी नहीं गाया। जब कभी एक टप्पा गाती है तो घण्टा-भर वही गाती रहती है।

आज भी उसने पुराने चूल्हे को तोड़कर नया बनाना शुरू किया है। रसोई का दरवाज़ा अन्दर से बंद है। उसकी आवाज़ आ रही है :

*'आ रे चंदा! हाथ सेंक ले!*

*बिरहा की आग हमने आंगन में जलाई है।'*

और मैं तुम्हें पत्र लिखने लग गई हूँ। मैं बाहर आंगन में बैठी हुई हूँ। उसने कोई और टप्पा शुरू किया, तो मैं तुम्हें लिखूँगी।

दिन ढल चला है। वही टप्पा सारे दिन गाती रही है। आज उसकी आवाज़ भी रुँधी हुई थी। कितनी देर तो उसकी आवाज़ निकली ही नहीं, रुक-रुककर आवाज़ आई है :

*'अगर नौकरी पर चले हो तो हमें जेब में डाल लो।*

*जहाँ रात पड़े, हमें निकालकर कलेजे से लगा लेना।'*

हाँ, मुझे उसका एक गीत याद आया है। वह उसने आज तो नहीं गाया पर पहले गाया करती थी :

*आपने न सुख का सन्देशा भेजा*

*न आपने चिट्ठी भेजी है!*

*किसके हाथ मैं सुख का सन्देशा भेजूँ,*

*किसके हाथ मैं चिट्ठी भेजूँ?*

*लिखने के लिए कागज़ नहीं है*

*कलम के लिए 'काही' नहीं है*

*दिल का टुकड़ा मैं कागज़ बनाती हूँ*

*और अँगुलियों को काटकर काही*

*आँखों का काजल स्याही बनाती हूँ*

*और आँसुओं का पानी डालती हूँ*

*परछाइयाँ ढलने पर चिट्ठी लिखने बैठी हूँ*

*मेरी आँखों से आँसू बरस रहे हैं।*

रसोई का दरवाज़ा अभी भी बन्द है। बन्द दरवाज़े से भी गुज़र कर मेरा मन उसके मन में समा गया है। इन गीतों में भला कौन-सा गीत है जो उसके मन का नहीं और मेरे मन का नहीं?

तुम्हारी<br>बन्ती

...!

एक बात मैं तुम्हें लिखना भूल गई थी। मेरी सास को कई दिनों से रोज़ थोड़ा-थोड़ा बुखार हो आता है। लाख मिन्नतें करो, वह एक पल के लिए भी आराम नहीं करती।

‘‘भाभी, इस तरह तो डाकिया सचमुच ही एक दिन ईश्वर की चिट्ठी ले आएगा! तुम खुद ही अपनी जान की दुश्मन बनी हो’’—एक दिन मैंने उससे कहा। पता है क्या कहने लगी? ‘‘तुम्हारा मुँह मीठा करूँ, अगर सचमुच ही कोई डाकिया उसकी चिट्ठी ले आए!’’ सच कहती हूँ, उसका दुःख देखकर तो मेरे मन का भी दुःख मामूली बन जाता है।

ये इतने वर्ष बीत गए! मैंने जान-बूझ कर ही तुम्हें कोई पत्र नहीं लिखा। वैसे तुम्हारे नये शहर का पता मैंने ढूँढ़ लिया था। पता है, जब कभी मैं तुम्हें पत्र लिखने की सोचती थी तो मुझे लगता कि अगर मैंने तुम्हें पत्र लिखा तो पता नहीं कौन-सी यादें मुझे चारों ओर से घेर लेंगी! तब तो मैं कई दिन होश न सँभाल सकूँगी। मेरे हाथों से चीजें गिरने लगेंगी और तरकारियाँ जलने लगेंगी। अब तो सारा घर मुझे ही सँभालना पड़ता है।

इतने वर्ष मेरी सास रस्सी की तरह बल खाती रही चारपाई पर लेटी हुई जैसे उसी में खो जाती थी। उसका रंग कपास जैसा सफ़ेद हो गया था।

तुम्हें याद है या नहीं, एक बार मैंने तुम्हें लिखा था कि मेरी सास मिट्टी का चूल्हा क्या बनाती है मानो कोई बुत तराशती हो। आए दिन पुराना चूल्हा तोड़कर नया चूल्हा बनाने का उसका ख़ब्त बीमारी में भी नहीं गया था। मैं उसे ज्यादा रोकती नहीं थी। जिस दिन वह मिट्टी गूँधती थी, उस दिन उसमें पता नहीं कहाँ से जान आ जाती थी!

लगभग पन्द्रह दिन की बात है, उसे खून की उल्टी आई थी। तब न तो हमें उसके जीने की आशा थी, न स्वयं उसे ही। दिन के समय जब मेरा देवर हकीम को बुलाने गया (मेरे ससुर का स्वर्गवास हो चुका है) तो मेरी सास ने मुझे अपने पास बुलाया, बोली :

‘‘मेरा कहना मानोगी?’’

‘‘बताओ भाभी जो कुछ भी हो!’’ मेरा मन छलक रहा था। मैं उसकी चारपाई से सिर टेककर रोने लग गई थी।

‘‘पगली कहीं की! रोती क्यों है? मैं तो एक-एक मिनट करके राह देख रही हूँ कि कब यह प्राणों का पिंजरा टूटे, कब मेरी रूह आज़ाद हो जाए!’’

‘‘बताओ भाभी, क्या कहती हो!’’

‘‘तुम मुझे मिट्टी गूँध दो...’’

‘‘पागल हो गई हो? साँस तुम्हारे टूट रहे हैं...!’’

‘‘मुझे पता है, तभी तो कह रही हूँ। आखिरी बार, बस एक बार! वरना अभी वह सड़ियल हकीम आ जाएगा!’’

‘‘भाभी, तुमने दुनिया के सारे मोह तोड़ डाले हैं। दुनिया से तुम्हारा मोह कभी

हुआ ही नहीं, न ही तुम्हें रुपये-पैसे से प्यार, न तुम्हें अपनी जान की परवाह, फिर तुम्हें इस चूल्हे से ऐसा मोह क्यों ?''

''चूल्हे के नीचे मैंने कुछ दबाया हुआ है,''—मौत के बिस्तर पर पड़ी मेरी सास हँसी और कहने लगी—''तुम यह न समझना कि मैंने मोहरों की हाँडी दबाई हुई है!''

''भाभी, तुम्हारा दिल मुझसे छिपा नहीं है। जिस घर में तुम्हारा मन भर गया है, उस घर में तुम मोहरें क्यों दबाओगी ? और मुझे भी मोहरों से कोई मोह नहीं!''

''यह मुझे पता है, तभी तो मैं तुम्हारे...''

''जो मन में है,कह दो, भाभी! मैं तुम्हारी पुत्रवधू हूँ, बेटी भी हूँ, और तुम्हारी सहेली भी तो हूँ!''

भाभी आँखों से रोई और होंठों से कहने लगी, ''कभी-कभी मैं तुम्हें कहा करती थी न कि आओ तुम्हें दाने भून दूँ, मैं बहुत बड़ी भटियारिन हूँ!''

''हाँ भाभी, मुझे याद है। पर मुझे ख़याल था कि तुम यों ही मज़ाक किया करती थीं। तुम भला भटियारिन कैसे हुईं ?''

''नहीं बन्ती, मैं सचमुच भटियारिन हूँ, किसी भट्टी वाले की भटियारिन। तुम अभी वह चूल्हा उखाड़ो तो तुम्हीं नीचे की ईंटें भी उखाड़ देना। कच्ची मिट्टी से ही लीपी हुई हैं।''

''नीचे क्या है ?''

''छलनी—मेरे भटियारे की निशानी और साथ में एक अँगूठी भी—वह भी उसी की निशानी!''

और भाभी ने अपने उखड़ रहे साँसों से मुझे बताया कि उन्हें अपने गाँव के एक लड़के से प्यार था। मोती नाम था उसका। माता-पिता को नकली ही मोती पसंद आया। उन्होंने बेटी को कौड़ियों के मोल बेच दिया। विवाह को कुछ ही महीने हुए थे कि उदास मोती ने भटियारा बनकर उसके ससुराल के गाँव में भट्टी शुरू कर दी।

जब मेरी सास (रूपो नाम था उसका) दाने भुनाने गई तो मोती को भटियारा बना देख जैसे उसकी भट्टी में खुद ही भुनने लग गई।

मोती ने जो कदम उठाया था, उससे भला क्या बनता-संवरता ? और रूपो का भी क्या संवरता ? एक दिन रूपो उसके पाँवों पर गिरकर रोई, 'तुम्हें मेरी कसम है जो तुम अपनी यह हालत बनाओ। भुने हुए बीज अब उगेंगे नहीं।' उसी दिन रूपो ने उसकी भट्टी तोड़ डाली। कड़ाही उससे उठाई नहीं गई सो वह छलनी ही उठा लाई और उसे हुक्म दे आई कि अपने गाँव वापस लौट जाए।

मोती न उसकी कसम लौटा सका और न उसका हुक्म टाल सका। अपनी अँगूठी, एक निशानी, उसने रूपो को दी और दूसरे दिन पता नहीं कहाँ चला गया!

मोती भटियारा क्या बना, रूपो को सारी उम्र के लिए भटियारिन बना गया। इसने उसकी छलनी और अँगूठी अपने पास रख ली। अँगूठी पर मोती का नाम लिखा हुआ था। कहाँ छिपाती! चूल्हा तोड़कर उसने दोनों चीज़ें मिट्टी के नीचे दबा दीं और ऊपर नया चूल्हा बना दिया।

दिन-दिन भर चूल्हे के पास बैठकर वह रोटियाँ क्या पकाती, जैसे मन के विचारों को बेलती-सेंकती रहती। कभी-कभी उसका दिल बहुत ही उदास हो जाता। वह चूल्हा तोड़ देती, उसकी निशानियों को गले लगाती रोती और गाती। फिर उसी तरह दोनों निशानियों को धरती के हवाले कर देती और ऊपर नया चूल्हा बनाकर उनकी रखवाली के लिए बैठी रहती।

भाभी की यह कहानी खत्म हुई, तभी उसकी साँस खत्म हो गई। उसे खून की एक और उल्टी आई और प्राणों का पिंजरा टूट गया, पंछी उड़ गया।

जितने वर्ष भाभी प्राणों के पिंजरे में बन्द थी, मोती की अँगूठी कभी अपनी अँगुली में नहीं पहनी। जब उसकी रूह आज़ाद हो गई, तब मैंने चूल्हे को उखाड़ा और अँगूठी निकालकर उसकी अँगुली में डाल दी।

मैंने ही उसे नहलाना था, मैंने ही उस पर कफ़न डालना था। इसलिए मुझे डर नहीं था कि कोई उसके हाथ में पड़ी हुई अँगूठी पर मोती का नाम पढ़ लेगा। और जब तक दूसरे दिन उसके फूल चुनते, उस अँगूठी पर से उसके मोती का नाम मिट ही जाना था!

छलनी मैंने अभी वैसे ही चूल्हे के नीचे रहने दी है। अगले महीने मेरी माँ हरिद्वार जा रही है और मैंने अपने पति को मना लिया है कि मैं चार दिन को माँ के साथ जाऊँगी। वहाँ भाभी के फूलों को बहा दूँगी। आगे तुम समझ ही गई होगी। किस तरह ट्रंक में छलनी रखकर ले जाऊँगी और उसके फूल छलनी में डालकर लहरों में बहा दूँगी!

ओ मेरी सहेली! मेरी अपनी सहेली!! आज तुम्हें न लिखूँ तो और किसको लिखूँ? मैंने भी अपनी यादों को आज ढूँढ-ढूँढकर देखा है, एक सुर्ख रूमाल उनके नीचे सँभाल कर रखा हुआ है। चाहे कोई बन्ती हो, चाहे कोई रूपो या चाहे कोई और, किसने अपने मन की तहों में कोई रूमाल या कोई अँगूठी नहीं दबाई हुई होती!

हम अभागिनें, जो किसी से प्यार करती हैं, जन्म से भटियारिनें हो जाती हैं। दिल की भट्टी पर अपनी साँसों को दानों की तरह भूनती हैं और यादों की छलनी में से वर्षों रेत छानती हैं।''

तुम्हारी

बन्ती : एक भटियारिन

# वह मेरी निम्मी

उठती जवानी में जो सहेलियाँ बनती हैं, अक्सर ज़िन्दगी से खो जाती हैं। उनके ससुराल जाने किस-किस दिशा से आते हैं—कि फिर वे दिशाएँ भी नहीं मिलतीं। लेकिन वह दोस्ती ज़िन्दगी का पहला-पहला अनुभव होता है, उसके तार कहीं मन से जुड़े रहते हैं। कभी अचानक याद आ जाएँ तो बीते हुए बरस लौट आते हैं—और लगता है वह कहीं आस-पास हैं—उन्हीं में से एक निम्मी थी, मेरी निम्मी, आज भी उसे याद करूँ तो होंठों पर आ जाता है—कम्बख्त निम्मी...

उसकी बात यहाँ करनी होगी—कि उसकी बात कहानी नहीं थी। बरसों पहले मैंने बात को कहानी का नाम दिया था—आज बता रही हूँ कि वह कहानी नहीं थी...

## बुत या चेन

मुझे फ़िल्मों का नाम अच्छी तरह याद नहीं; पर बात बड़ी अच्छी तरह याद है। तब मैं कॉलेज में पढ़ती थी। शहर में दो बड़ी अच्छी फ़िल्में चल रही थीं। हम पाँच-छः लड़कियों ने मिल कर उस दिन फ़िल्म देखने की सोची। पर हममें से कुछ लड़कियाँ जिस फ़िल्म को देखने के हक में थीं, दूसरी लड़कियाँ उस फ़िल्म को छोड़कर दूसरी फ़िल्म देखने के हक में थीं और हम फ़ैसला नहीं कर पा रही थीं कि हम दोनों फ़िल्मों में से कौन-सी फ़िल्म देखने जाएँ। बहस बढ़ती जा रही थी। एक फ़िल्म शायद 'लेडी हैमिल्टन' थी या 'गौन विद द विंड' थी और दूसरी फ़िल्म 'ए टेल ऑफ़ टू सिटीज़' थी। कुछ लड़कियाँ एक फ़िल्म की कहानी को सराह रही थीं और कुछ लड़कियाँ दूसरी फ़िल्म की तारीफ़ कर रही थीं। यह बहस बढ़ते-बढ़ते यहाँ तक पहुँच गई कि दोनों पक्षों के लिए हतक-इज़्ज़त का सवाल बन गया। सब लड़कियाँ अपनी-अपनी जज़्बाती ज़िद पर अड़ी हुई थीं कि निर्मला ने इत्मीनान से कहा, ''सुनो! हम टॉस क्यों न कर लें?'' और जेब में से चाँदी का एक रुपया निकाल कर बोली, ''बोलो, बुत किसका है और चेन किसकी?'' हम सब लड़कियों को एक मिनट के लिए निर्मला की बात बड़ी अजीब लगी पर फिर हमें मन-ही-मन लगा कि ऐसा करने से दोनों पक्षों की बात रह जाएगी, किसी को भी दूसरे के आगे झुकना नहीं पड़ेगा। जिसने बाजी जीत ली उसकी जीत भी किस्मत के हाथ और जिसने बाजी हार दी उसकी हार भी किस्मत के नाम...और निर्मला ने जब रुपये को ज़मीन पर गोल घुमाकर एक फ़िल्म देखने का निर्णय कर दिया तो यह फ़ैसला हम सब लड़कियों ने मंज़ूर कर लिया।

एक बार फिर यही हुआ। हम सब लड़कियों ने पिकनिक का इरादा किया। यह फ़ैसला बड़ी जल्दी हो गया कि कौन-सी लड़की अपने घर से आलुओं के पराँठे बनाकर लाएगी और कौन-सी लड़की गोभी वाले पराँठे। पूरी-छोले कौन-सी लड़की लाएगी और कौन-सी लड़की फल लाएगी और साथ ही चाय का इन्तज़ाम किसे करना था। पर पिकनिक पर जाने की सारी तैयारी धरी रह गई क्योंकि हम फ़ैसला न कर सकीं कि हम ओखला जाएँ या कुतुब। बहस फिर बड़ी जज़्बाती हो गई थी। यहाँ तक कि कहीं भी जाने के उत्साह की जगह सबमें अपनी बात रखने का उत्साह ही रह गया था। उस दिन भी निर्मला ने फ़ैसले की वही तरकीब निकाली जो कुछ दिन पहले फ़िल्म के लिए उसने निकाली थी।

और फिर...मुझे याद है, हमारे कॉलेज की एक प्रोफ़ेसर मिस वर्मा का विवाह होना था। हम सब लड़कियों ने विवाह में एक तोहफ़ा देने की बात सोची। हम सबने सोचा पाँच-पाँच रुपए मिलाएँ। रुपए इकट्ठे हो गए पर यह फ़ैसला नहीं हो रहा था कि तोहफ़े में हम घड़ी खरीदें या एक बढ़िया पेन। उस दिन हमें अधिक बहस करने की ज़रूरत नहीं पड़ी, सब लड़कियों के मुँह से सहज ही निकला कि 'निम्मी-स्टाइल' इस्तेमाल कर लें। बुत आए तो घड़ी खरीद लें, चेन आए तो पेन खरीद लें। निर्मला को हम सब लड़कियाँ निम्मी कहकर बुलाती थीं। उस दिन से हर फ़ैसले के तरीके का नाम पड़ गया—'निम्मी-स्टाइल'। धीरे-धीरे हमारे कॉलेज में यह 'निम्मी-स्टाइल' फ़ैशन के रूप में चल निकला।

''निम्मी, तुम सारे फ़ैसले इसी तरह करोगी ?'' एक दिन मैंने निर्मला से पूछा।

''हाँ!''

''सारे फ़ैसले ?''

''आज सवेरे मेरा छोटा भाई दूध नहीं पी रहा था। वह चाय माँगता था और माँ चाय देना नहीं चाहती थी। दूध का गिलास ठंडा हो रहा था। मैंने उसे इस बात पर मना लिया कि अगर बुत आएगा तो वह दूध पिएगा और अगर चेन आए तो वह चाय पिएगा। मैंने रुपये को उसके सामने रखकर घुमाया। बुत ऊपर आ गया और वह चुपचाप दूध का गिलास पीने लगा,'' निर्मला ने हँसते हुए कहा, ''कितना आसान तरीका है।''

''तुम अपने विवाह का फ़ैसला भी इसी तरह करोगी ?'' मैंने निर्मला से मज़ाक किया।

''इसी तरह करूँगी, और किस तरह करूँगी ? कौन सोचों में पड़ा रहे।''

मैं उस दिन निर्मला के मुख की तरफ़ देखने लगी थी। एक ओर मैं सोच रही थी कि निर्मला कितनी 'नॉन-सीरियस' लड़की है, और दूसरी ओर मैं सोच रही थी कि उसने ज़िन्दगी की हर मुश्किल को कितने आराम से आसान बना लिया था।

फिर सुना कि निर्मला के पिताजी ने निर्मला के विवाह के लिए एक लड़का पसंद कर लिया था। मैंने निर्मला से पूछा, उसने बताया था कि उसे सचमुच लड़के के बारे में कुछ भी पता न था।

''तुम उससे एक बार मिलोगी भी नहीं?''

''क्या करूँगी मिलकर?''

''दूर से देखोगी भी नहीं?''

''क्या करूँगी देखकर?''

मेरे मन में अपने होने वाले खाविंद के बारे में कई तरह के नक्शे उभरते थे, कई तरह के सपने बनते थे और मेरा ख़याल था कि हर जवान लड़की के मन में इस तरह ही होता होगा। पर मैं हैरान थी कि यह निर्मला कैसी थी। या तो यह लड़की नहीं थी या जवान नहीं थी। पर निर्मला लड़की भी थी और जवान भी। सुन्दर भी बेहद थी। फिर वह किस तरह ऐसा कह सकती थी!

मुझे एक दिन निर्मला की माँ ने बुलाया। मैं उसे 'मौसी जी' कहा करती थी। उसने मुझसे निम्मी के विवाह की बात की और मैंने अपने मन का सारा रोष अपनी इस 'मौसी जी' पर उँड़ेल दिया, ''यह कहाँ का ढंग है मौसी जी। निम्मी कॉलेज में पढ़ी-लिखी है। आखिर उसके भी सपने होंगे। उसने सारी उमर जिस आदमी के साथ गुज़ारनी है, आपने उसकी शक्ल भी उसे नहीं दिखाई। एक अपढ़ लड़की की तरह मुँह-सिर लपेटकर उसे डोली में डालने जा रही हो। अगर आपको ऐसी बेटी मिल गई है जो आपके सामने ज़बान नहीं खोलती तो इसका मतलब यह नहीं कि...''

निर्मला की माँ ने मेरी बात बीच में ही काट दी और मेरी पीठ दुलरा कर बोली, ''बेटी! क्या मैं नाबर हूँ किसी बात से? निम्मी जो कुछ कहे मैं वही उसके आगे हाज़िर कर दूँ। अगर उसे नामंज़ूर हो तो दरवाज़े पर आई बारात लौटा दूँ। मुझे तो न कोई जाति का भ्रम है और न बड़े घर का लालच। पर वह कुछ कहे तो सही। वह तो कहती ही नहीं कुछ। मैंने तुम्हें इसीलिए बुलाया है कि यह लड़के की तस्वीर उसे दिखा दो। मेरे कहने पर तो उसने देखी भी नहीं।''

''तस्वीरों से क्या पता लगता है मौसी जी। तस्वीर में तो काले भंवरे भी गोरे गुलाब दिखते हैं। और साथ ही किसी का मन तस्वीरों में मिल सकता है? जब तक कोई बातें करके न देखे...''

''बेटी! मैं कब इनकार करती हूँ। निम्मी उससे मिलना चाहती है तो मैं उसे आज ही बुला देती हूँ।''

जो कुछ निर्मला की माँ ने कहा, मुझे बिलकुल उम्मीद नहीं थी कि वह इस तरह कहेगी। इसलिए मेरा सारा गुस्सा उससे टल कर निर्मला पर बरस पड़ा। मैंने निर्मला के कमरे में जाकर तस्वीर उसके आगे फेंक दी और गुस्से में कहा, ''ले, कर ले अपनी किस्मत का फ़ैसला, अगर इसी तरह करना है तो।''

निर्मला ने तस्वीर से मुँह घुमा लिया और अपने सिरहाने के पास रखा हुआ चाँदी का रुपया हाथ में लेकर घुमाने लगी, ''अगर बुत आया तो हाँ समझना, चेन आए तो नहीं।'' रुपया कुछ चक्कर काटकर ज़मीन पर टिक गया। ऊपर की तरफ़ बुत था। निर्मला ने एक नज़र रुपये पर डाली और मुस्करा कर बोली, ''ले, मैं क्या करूँ! बुत आ गया है। हाँ तो हो ही गई।''

मन में आया कि बुत उठाकर निर्मला के सिर में दे मारूँ और कहूँ, ''जा फिर मर जाकर। अगर वह कहीं बुरा-भला निकल आया तो सारी उमर उसके सिर को भी रोती रहना और इस बादशाह के सिर को भी।'' उन दिनों चाँदी के रुपए पर 'किंग एडवर्ड' की तस्वीर होती थी।

निर्मला का विवाह हो गया। विवाह के समय मैं खाविंद मिस्टर कपूर को जितना देख पाई, देखा कि एक बड़े सरकारी अफ़सर की तरह बड़ा रूखा और घुटा-घुटा सा आदमी था। शक्ल से अच्छा था पर मैं समझ नहीं पा रही थी कि निर्मला गालिब की जिन नज़्मों को भीगी हुई आवाज़ में गाया करती थी, खासकर उस गज़ल को, ''यह वह आतिश है गालिब जो लगाए न लगे और बुझाए न बने,'' उस गज़ल का क्या होगा।

पता चला कि निर्मला 'हनीमून' के लिए नैनीताल गई थी। मुझे नहीं मालूम कि नैनीताल जाने के लिए निर्मला ने फ़ैसला किया होगा या उसके खाविंद ने। मुझे याद है कि निर्मला ने कश्मीर नहीं देखा था। पर जब भी कश्मीर की बात चलती थी तो निर्मला की आँखों में एक हाउसबोट तैरने लगता था। मैं कितने दिन सोचती रही कि निर्मला हनीमून मनाने के लिए कश्मीर क्यों नहीं गई और नैनीताल क्यों चली गई। फिर मुझे ख़याल आया कि निर्मला की अपने खाविंद से ज़रूर यह बात हुई होगी कि वे हनीमून के लिए कश्मीर जाएँ या नैनीताल और फिर उसने ज़रूर टॉस किया होगा। कश्मीर को बुत की तरफ़ रखा होगा और नैनीताल को चेन की ओर। और फिर चेन ऊपर आ गई होगी।

कुछ महीने गुज़र गए। न निर्मला ने मुझे कभी खत लिखा, न मैंने ही उसे कभी लिखा। एक-दो बार मुझे निर्मला की माँ मिली। वह बड़ी उदास थी। निर्मला ने अपने माँ-बाप को भी खत नहीं डाला था। वैसे उन्होंने सुना था कि निर्मला अपने घर में सुखी थी। उनकी कोठी बहुत बड़ी और एकान्त में थी। उसके पास तीन नौकर थे और उसके खाविंद ने पिछले महीने एक और गाड़ी खरीदी थी...और फिर एक दिन निर्मला की माँ ने मुझे बताया कि निर्मला का पाँव भारी था इसलिए वह इसी सप्ताह निर्मला को दिल्ली बुला लेगी।

यूनिवर्सिटी जाते हुए निर्मला का घर रास्ते में ही पड़ता था। घर के पास से गुज़रते हुए मेरा मन रोज़ दलीलों में पड़ जाता था। एक पैर उसके घर की ओर बढ़ता था और एक यूनिवर्सिटी की तरफ़। मैं समझ नहीं पा रही थी कि अगर मेरे मन में

निर्मला से मिलने की इतनी तीव्र इच्छा थी तो फिर मैं झिझकती क्यों थी। मुझे लगा कि झिझक ऐसी चीज़ होती है जो अगर काई की तरह पानी पर जमनी शुरू हो जाए तो धीरे-धीरे सारे पानी को अपनी हरियाई परत के नीचे ढँक लेती है। मैं रोज़ निर्मला के घर के पास से गुज़रती, रोज़ मेरे मन के पानी एक बार हिल जाते और रोज़ हरियाई काई का एक और टोटा उन पानियों की सतह पर बढ़ जाता।

एक दिन निम्मी के छोटे भाई ने मेरे पीछे-पीछे दौड़कर मेरे साथ कदम मिला लिए और मुझे बताया कि निम्मी दीदी मुझे घर बुला रही थीं।

एकबारगी पानियों पर से काई उतर गई। हाथ छूने की देर थी। उमड़ कर निम्मी के पास गई। निम्मी बोली कुछ न, पर आँखों में जो उलाहना भर कर मेरी तरफ़ देखा तो मेरी आँखें झुक गईं। उलाहने का कर्ज़ा उलाहने से बड़ी आसानी से उतारा जा सकता है इसलिए मैंने निम्मी से कहा कि उसने मुझे पूरा साल भर खत क्यों नहीं लिखा! मेरे पैर रोज़ सोचों में पड़ते थे पर मैं रोज़ उसके घर के सामने से पाँव लौटा लेती थी। निम्मी ने जवाब कोई न दिया, चुपचाप मेरे उलाहने को झेल गई। हँसकर केवल इतना बोली, ‘‘अगर यही बात थी तो तुमने वही मेरे वाला तरीका इस्तेमाल कर लेना था...बुत या चेन। या मुझे बिलकुल मन से बिसार देती या चुपचाप मिलने आ जाती।’’

निर्मला गुलाबी ऊन का छोटा-सा स्वेटर बुन रही थी। मैंने उसके गदराए हुए जिस्म की तरफ़ देखा और हँस कर बोली, ‘‘यह बेटे का स्वेटर है या बेटी का? मेरा ख़याल है कि तुमने टॉस करके यह तो देख लिया होगा कि तुम्हारे बेटा होगा या बेटी। अगर बुत आए तो बेटा, अगर चेन आए तो बेटी...’’

मेरी बात पर निर्मला हँस पड़ी, पर निर्मला की माँ चुप बनी रही। उसने चिंतित आवाज़ में मुझे बताया कि निर्मला की सेहत बड़ी खराब थी, उसे दिन ढले हल्का बुखार हो जाता था। इन दिनों इस तरह बुखार हो जाना बड़ा बुरा होता है। वह बच्चे के जन्म के बाद ज़रूर उसे किसी पहाड़ पर ले जाएगी। माँ ने बेहद उदास होकर कहा, ‘‘क्या करूँगी...बेटे बेटियाँ...! मेरी निम्मो राज़ी हो जाए...’’

कुछ दिनों बाद निर्मला के घर एक बेटा जन्मा और सुना कि निर्मला का खाविंद बड़ा खुश था। वह रोज़ अपने दोस्तों को एक दावत देता रहा था। पर निर्मला की माँ का मन सूखा हुआ था। निर्मला का बुखार उसी तरह निर्मला की हड्डियों में अटका हुआ था। उसका भरा हुआ जिस्म एकबारगी सूखकर चारपाई से लग गया था और उसके मुख पर ज़रदियाँ उतर आई थीं।

डॉक्टरों ने बताया कि निर्मला के एक फेफड़े में पानी पड़ गया था, ऑपरेशन होना चाहिए। पर बच्चे के जन्म से निर्मला इतनी कमज़ोर हो गई थी कि कुछ

महीने ऑपरेशन नहीं हो सकता था। मैं रोज़ या दूसरे दिन निर्मला के पास जाती तो कई बार उसके लिए फूल ले जाती। उसकी आँखें पिघल कर मेरी तरफ़ भी देखतीं और फूलों की तरफ़ भी। पर उसकी ज़बान कभी नहीं पिघली। जाने क्यों मुझे रोज़ ऐसा लगता कि निर्मला की ज़बान पर कोई बात जमी हुई है...निर्मला के गले में कोई बात जमी हुई है...निर्मला की छाती में कोई बात जमी हुई है...निर्मला के फेफड़ों में कोई बात जमी हुई है...

एक बार मैं निर्मला के पास से उठने लगी तो उसने मेरा हाथ पकड़ लिया।

''मेरा एक काम करोगी ?''

''बताओ।''

''थोड़े से पैसे तुम्हें खर्च करने होंगे मेरे लिए, मेरी तरफ़ से...''

''फिर क्या हुआ ?''

''कल तुम छोटा-सा केक ले आओगी ?''

''ज़रूर ले आऊँगी...''

''मेरी अच्छी बहन...!''

निर्मला की आँखें जिस तरह के शुकराने में भर आईं, मुझे वह शुकराना बिलकुल समझ न आया। निर्मला के पास किस बात की कमी थी। वह मुझ से एक चीज़ माँगती और बत्तीस हाज़िर होतीं। एक केक...एक छोटा-सा केक...मैं सारा दिन और सारी रात केक की बात सोचती रही...यह कैसा केक था जिसे खरीदने के लिए निर्मला के पास पैसे नहीं थे...

मैंने सुबह उठते ही केक खरीदा। कुछ फूल भी खरीदे और निर्मला के पास चली गई।

निर्मला की आँखें दरवाज़े पर टिकी हुई थीं।

''मुझे डर था कि तुम भूल जाओगी!'' निर्मला ने जल्दी में कहा और साथ ही मुझे दरवाज़ा भिड़काने का संकेत किया। तकियों का सहारा लेकर निर्मला चारपाई पर बैठ गई। मैंने एक कम्बल उसके कंधों पर ओढ़ाया और एक कंबल उसके घुटनों पर रख दिया।

''आज छब्बीस तारीख है न ?''

''छब्बीस जनवरी।''

''मैंने कितने ही केक देखे। मुझे नहीं मालूम था तुम्हें कौन-सी फ़्लेवर पसंद है, चॉकलेट, वनीला, कोकोनट... ।''

''तुम जो भी लाई हो ठीक है। तुम पर मेरा अधिकार है न! जिसकी दोस्ती पर हक़ हो, उसके पैसों पर ही हक़ होता है। इसलिए मैंने तुम्हारे पैसे खर्च किए। मैं तो कुछ कमाती नहीं...इसलिए मेरे पास पैसे नहीं थे... ।''

मैंने निर्मला की ओर देखा वह बोली, ''और चीज़ों के लिए मैं मिस्टर कपूर के पैसे खर्च सकती हूँ, पर इस केक के लिए नहीं खर्च सकती थी...''

मेरा कोई भी लफ़्ज़ निर्मला से कोई बात इस तरह नहीं पूछ सकता था जिस तरह मेरी आँखें पूछ रही थीं। उसने मेरी आँखों में देखा और बोली :

''आज उसका जन्मदिन है!''

''किसका?''

''अनवर का...''

''अनवर का?''

मुझे याद आया मैंने कभी अनवर को देखा था। वह कभी निम्मी का दोस्त था। अधिक बार नहीं, सिर्फ़ दो-एक बार मैंने उसे निम्मी के साथ देखा था। निम्मी से मैंने उसका नाम लेकर एक आध बार मज़ाक भी किया था। पर इस बात को बड़े साल हो गए थे। इसके बाद मुझे अनवर की बात भूल गई थी।

''निम्मी, तुम अनवर से मुहब्बत करती थीं?''

''फिकरा तो ठीक बोला करो। 'करती थी' तो ऐसे पूछ रही हो जैसे अब नहीं करती...पर तुम ठीक कहती हो...अब मैं अनवर से मुहब्बत नहीं करती...अब मैं उससे नफ़रत करती हूँ...''

''यह नफ़रत का अच्छा सबूत है'' मैंने केक की तरफ़ इशारा किया और हँस पड़ी। यह हँसी उस रोने से ज़्यादा ढीठ थी जो रोना मेरी आँखों में भर आया था।

''मैंने ग़लत नहीं कहा। मैं दिन में करीब दस बार उससे नफ़रत करती हूँ। रोटी का एक-एक टुकड़ा मुँह में रखते हुए उससे नफ़रत करती हूँ। मैं ज़िन्दगी की हर चीज़ खरीदते वक्त उससे नफ़रत करती हूँ। मैं सुबह के उगते हुए सूरज को देखकर उससे नफ़रत करती हूँ। मैं रात को चाँद को देखकर उससे नफ़रत करती हूँ। मैं हर फूल को देखकर उससे नफ़रत करती हूँ। मैं अपने बच्चे का चेहरा देखकर उससे नफ़रत करती हूँ...''

''निम्मी...निम्मी...''

''तू इस नफ़रत को नहीं समझ सकती?''

''मैं तुम्हारी मोहब्बत को समझ सकती हूँ।''

''अगर मोहब्बत को समझ सकती हो तो नफ़रत को क्यों नहीं समझ सकतीं। यह रोटी, जो मैं किसी की कमाई हुई खाती हूँ, क्या उसे कमा कर नहीं खिलानी चाहिए थी? वह एक ज़लील आदमी है, बेग़ैरत...मैं हर चीज़ खरीदने के लिए एक गैर से पैसे माँगती हूँ...हालाँकि वह भी कहीं कुछ कमा रहा होगा।''

''निम्मी! क्या कह रही हो निम्मी!''

''रोज़ जब सूरज चढ़ता है, रोज़ जब चाँद चढ़ता है, मैं सोचती हूँ कि मैं उनकी रोशनी में उसका चेहरा क्यों नहीं देख सकती...क्यों नहीं देख सकती, हालाँकि

वह इस धरती पर अच्छा-भला है, बेशर्म!''

''ओ निम्मी!''

''मेरा बच्चा जो आज किसी गैर मर्द का बच्चा है, वह उसका बच्चा हो सकता था, उसका अपना बच्चा...कम्बख़्त बदनसीब था...मुझे भी उमर-भर के लिए बदनसीब कर दिया।...और वह गीत, कहानियाँ? बदज़ात कहा करता था, तुम्हारी भूख सिर्फ़ मेरे जिस्म को नहीं रूह को भी है। जब मेरी बीवी बनकर तुम रात को मेरे बिस्तर पर बैठोगी, मुझे ग़ालिब की ग़ज़लें ज़रूर सुनाना...मुझे कीट्स की नज़्में ज़रूर सुनाना...मुझे गोर्की की कहानियाँ ज़रूर सुनाना...बदनसीब! उसने यह भी न सोचा कि और कौन-सी औरत उसके बिस्तर में बैठकर गोर्की की कहानियाँ सुनाएगी और मैं किसी गैर मर्द के बिस्तर में बैठकर किस तरह ग़ालिब की ग़ज़लें पढ़ूँगी। कश्मीर जाकर उसने हाउस बोट में बैठकर मेरे साथ दुनिया भर की नज़्में पढ़नी थीं...।''

निम्मी के दिल में तूफ़ान उठा हुआ था, पर उसकी आँखें सूखी थीं। उसकी आँखों में एक भी आँसू नहीं था। मुझे लगा कि उसके सारे आँसू मिलकर उसके फेफड़ों में पड़ गए थे। डॉक्टरों ने कहा था कि निर्मला के बाएँ फेफड़े में पानी पड़ गया था। यह कोई और पानी नहीं था, उसकी अपनी आँखों का पानी था।

''दिन में मेरे बीस रंग बदलते थे। लगता था कि एक पल में उससे मुहब्बत करती हूँ और दूसरे पल नफ़रत! जैसे एक पल कोई ठण्डे पाँव पानी में पड़ा हुआ हो और दूसरे पल गर्म खौलते पानी में—अब मैं रोज़ सवेरे टॉस कर लेती हूँ, बुत या चेन। अगर बुत आए तो मैं सारा दिन उसकी मुहब्बत में भीगी रहती हूँ, उसकी छोटी-से-छोटी बात को अपने मन में मोतियों की तरह पिरोये रहती हूँ—और अगर चेन आ जाए तो मैं सारा दिन उसको गालियाँ निकालती हूँ। इन गालियों को मैं इस तरह जपती हूँ जैसे कोई एक सौ मनकों की माला लेकर ईश्वर का नाम जपता है—ज़लील कहीं का। मज़हब की छोटी-सी दीवार भी वह न फाँद सका, कायर, बुज़दिल...''

एक बीमार और ज़ख्मी जिस्म के होते हुए भी निर्मला का सिर ऊँचा था। मुहब्बत और नफ़रत की दो परियाँ निर्मला के कन्धों के पास खड़ी थीं, पर दोनों के सिर झुके हुए थे। निर्मला की आँखों में एक भी आँसू नहीं था, पर दोनों आँखें आँसुओं में डूबी हुई थीं...

# एक पूरी-अधूरी घटना

देश की तक्सीम से पहले, जिस औरत को उसकी पागल हालत में मैंने शेखूपुरा गाँव में देखा था, उसकी ज़िन्दगी के हालात पर स्याह पर्दा पड़ा हुआ था। वह कौन थी, उसके साथ क्या हुआ, कोई नहीं जानता। उस समय वह शेखूपुरा की मिट्टी में मिट्टी सी होकर घूम रही थी। और फिर देखा कि वह गर्भवती की हालत में थी। देखने वाले तड़प उठे थे कि उसकी इस हालत में भी किसी नामुराद मर्द ने क्या कर दिया था।

*पिंजर* उपन्यास मैंने देश की तक्सीम पर लिखा था, अगवा हुईं औरतों पर, लेकिन वह घटना थी जो एक बेबसी में मैंने लिखी और एक दूसरी कहानी का हिस्सा बन गई। यह पूरी-अधूरी घटना लिखकर भी मुझे पीड़ा से मुक्त नहीं कर पाई। और जिन घटनाओं को कह रही हूँ कि ये कहानियाँ नहीं, ये भी उनमें से है...


## वह पगली

एक दिन एक स्त्री 'घुग्गू-घोड़े' लेकर बेचती फिर रही थी। जावेद ने मिट्टी के छोटे-छोटे खिलौनों को और सरकण्डे के झुनझुनों को देख लिया। लगा पूरो का पल्ला खींचने। पूरो ने मुट्ठी भर अनाज और पुराने कपड़े देकर घुग्गू घोड़े ले लिए। वह अभी गली में बैठी ही थी कि दूर से दौड़ती हुई एक पागल औरत गुज़री।

स्त्रियों ने दौड़कर अपने बच्चे छिपा लिए, दरवाज़े बन्द कर लिये, छोटे अनजान बालक चीख़ने-चिल्लाने लगे। पगली के शरीर पर पिण्डलियों जितनी ऊँची एक सलवार थी, गले में कोई कपड़ा न था। उसका रंग शायद धूप से झुलस गया था, या फिर था ही काला। उसके सिर पर बालों की उलझी हुई धूल-सनी लटें थीं। जान पड़ता था मानो जब से वह जन्मी थी, कभी नहायी नहीं थी। अपनी टाँगों को वह अजीब तरह से मरोड़ती थी, बाँहों को वह अजीब तरह फैलाती थी, चलते हुए भी दौड़ती हुई लगती थी। उसके मुख की ओर देखते ही उसकी डरावनी हँसी में बिखरे हुए दाँतों की ओर दृष्टि जाती थी। उसके सूखे हुए, जले हुए शरीर से उसकी उम्र का कोई अनुमान नहीं लगाया जा सकता था। बस एक पिंजर था जो दौड़ता-फिरता था।

पूरो देखती रही। पगली दौड़ती हुई आयी और खिलौने बेचने वाली कुंजड़िन के छाज में से अपनी दोनों मुट्ठियाँ 'घुग्गू-घोड़ों' से भर कर भाग गयी। उसकी डरावनी चीख़ती हुई-सी हँसी की आवाज़ देर तक गली में गूँजती रही।

पगली सारा-सारा दिन घूमती रहती, खेतों में फिरती रहती, क्यारियों में से भी कुछ तोड़कर खा लेती। कभी-कभी स्त्रियाँ एक-दो रोटियाँ बेठी हुई पगली के आगे डाल देतीं, वह उन्हें चबा जाती। कभी-कभी स्त्रियाँ कोई फटा-पुराना कुरता उसे पहना देतीं, पगली खिलखिलाकर हँसती। कुरता पहने रहती, फिर उसके बटन तोड़ डालती, फिर किसी दिन कुरते को दाँतों से फाड़ देती। फटी धज्जियाँ उसके गले में लटकी रहतीं। फिर पगली उन धज्जियों को भी खींच-खींचकर अपने शरीर से दूर कर देती। कभी-कभी अपने शरीर पर से सब कुछ उतार फेंकती। स्त्रियाँ फिर कोई फटी-पुरानी सलवार, कोई फटा-पुराना कुरता उसे पहना देतीं।

पगली अब गाँव सक्कड़आली में रच-बस गयी थी। उसे रोज़-रोज़ देखने की सब को आदत-सी पड़ गयी थी। कभी-कभी गाँव के छोटे-छोटे लड़के उसके पीछे लग जाते, तालियाँ बजाते, पगली को दौड़ाते और खुद उसके पीछे-पीछे दौड़ते। फिर रास्ता चलता कोई सयाना आदमी उन्हें झिड़क देता। लड़के उसका पीछा छोड़ देते।

नन्हे बालकों ने हठ करना छोड़ दिया। माताएँ उन्हें पगली का डरावा देती थीं, 'पगली पकड़कर ले जायेगी।' रोते हुए बच्चे सहमकर चुप हो जाते थे।

पगली किसी पुआल के नीचे पड़ी रहती। कभी कोई पानी का प्याला उसके पास धर जाता, कभी कोई रोटी के टुकड़े उसके सिरहाने रख देता। किसी दयालु ने एक फटी हुई रज़ाई पुआल के नीचे धर दी थी। पगली रात को नियम से वहाँ जाकर पड़ रहती थी।

पगली बस दौड़ती थी और हँसती थी। किसी के बच्चे को कभी कुछ भला-बुरा नहीं कहती थी, किसी की चीज़-वस्तु को कभी हाथ नहीं लगाती थी। ज़मीन पर गिरे हुए रोटी के टुकड़ों को उठा लेती, ज़मीन पर पड़ी हुई वहीं किसी खाने की चीज़ को चाट लेती थी।

कुछ ही दिनों में सबने देखा, और पूरो ने आश्चर्यचकित होकर देखा कि पगली का नंगा पेट उभरता आ रहा है। सारे गाँव की स्त्रियाँ जैसे लाज के मारे गड़ रही हों। पगली न कुछ बोलती थी न कुछ बताती थी।

पगली का शरीर दिन-दिन बढ़ता जा रहा था।

गाँव की स्त्रियों का जी करता कि वह पगली के शरीर को ढँक कर रखें, वह उसे किसी तहखाने में डाल दें। पगली की समझ में कुछ न आता था। वह पहले की ही भाँति हँसती थी और वैसे ही दौड़ती रहती थी।

एक दिन कुछ आदमियों ने मिलकर पगली को गाँव के बाहर ले जाकर छोड़ दिया। अँधेरा गहरा हो गया था। उस रात किसी ने पगली को नहीं देखा। सब सोचने लगे कि पगली अब इस गाँव से गयी। आँख से दूर, दिल से दूर, अब वह किसी दूसरे गाँव चली जायेगी।

दूसरा दिन अभी आधा ही बीता था कि पगली ठीक पहले की भाँति गाँव की गलियों में दौड़ रही थी। वह ठीक पहले की ही भाँति खेतों में हँस रही थी।

''वह कैसा पुरुष था! वह अवश्य ही कोई पशु होगा जिसने इस जैसी पागल स्त्री की यह दुर्दशा बना दी!'' सब स्त्रियाँ त्राहि-त्राहि करती थीं। उनका जी पगली के ध्यान से मिचला उठता था।

'जिसके पास न सुन्दरता थी, न जवानी थी, माँस का एक शरीर, जिसे अपनी सुध न थी, जो केवल हड्डियों का एक जीवित पिंजर...एक पागल पिंजर था...चीलों ने भी उसे नोच-नोचकर खा लिया...' सोच-सोच पूरो थक जाती थी।

पगली का पेट दिन-दिन बढ़ता जा रहा था।

वही रात के पिछले पहर का अँधेरा था, जिसमें पूरो नियमपूर्वक खेतों में जाया करती थी। पूरो अभी बाहर वाली पगडण्डी पर आयी ही थी कि एक पेड़ के तने के पास उसे एक मनुष्य की आकृति-सी गिरी दीख पड़ी। पूरो काँप उठी पर वह ऐसे कच्चे जिगरे की औरत नहीं थी। धीरे से वह गिरे हुए शरीर की ओर बढ़ी। पूरो के लिए उसे पहचानना कठिन नहीं था। पगली एक पत्थर की मूर्ति की भाँति निश्चल उस पेड़ के नीचे पड़ी हुई थी। उसके पैरों के पास एक नवजात बच्चे का शरीर था जिसकी नाल अभी उसी की आंचल के साथ जुड़ी हुई थी।

पूरो एक गहरा साँस लेकर रह गयी। उसकी आँखों के आगे अँधेरा छा गया।

पूरो की रीढ़ ही हड्डी में एकाएक कम्पन दौड़ गया। वह उलटे पाँव दौड़ कर रशीद को बुला लायी।

पूरो ने एक फटी हुई चद्दर पगली के शरीर पर डाल दी। फिर रशीद ने पगली की नाड़ी टोही। नाड़ी टोहने की आवश्यकता नहीं थी, पगली के मुख पर मौत की मुहर स्पष्ट लगी दिख पड़ती थी। बालों की एक लट उसके माथे पर जम गयी थी।

प्रकृति अपनी पूरी धड़कन के साथ पगली के बालक में धड़क रही थी। बालक के मुँह में उसका अपना दाहिना अँगूठा पड़ा हुआ था।

''या अल्लाह!'' रशीद के मुख से निकला और चाकू से उसने बालक की नाल को काट दिया।

पूरो ने बालक को अपने सर वाले पल्ले में लपेट लिया, और फिर दोनों घर को लौट आये।

प्रात:काल की धुन्ध की भाँति यह खबर पूरे गाँव में फैल गयी। जो स्त्रियाँ आटा गूँध रही थीं, उनके हाथों से परात छिटक गयी। जो रोटी बनाने जा रही थीं, वे उबलते तन्दूर छोड़-छोड़कर पूरो के घर आतीं और बालक को देख-देख जाती थीं।

रुई के गोले जैसे चिट्टे और निर्मल बालक को पूरो ने नहलाकर एक खटोली में लिटा रखा था। कुनकुने दूध में एक कपड़े का छोटा-सा टुकड़ा भिगो-भिगो कर पूरो ने उसके होंठों से लगाया। बालक पूरी चेतनता से दूध की चंद बूँदें चूसने लगा।

जावेद अपने घर आये छोटे-से पाहुने को झुक-झुककर देखता था।

''रब तेरा भला करे!'' ''तेरे बच्चे जिएँ!'' ''बड़ा पुण्य किया है''—गाँव की स्त्रियाँ आ-आकर कहतीं, अनाथ बालक पर दया करने के लिए शाबाशी देतीं और लौट जातीं।

दो-चार आदमियों ने मिलकर पगली के शव को ठिकाने लगा दिया।

अँधेरा हो चला था। पूरो बच्चे के काम-काज में लगी हुई थी। रशीद ने लालटेन की बत्ती साफ़ करके उसे जलाया। बालक ने अपनी मोटी-मोटी चेतन आँखों से लालटेन की ओर देखा। अभी उसकी कच्ची दृष्टि टिकती नहीं थी। फिर उसका ध्यान किसी दूसरी ओर हो गया।

पूरो विचारों में डूब गयी।

सोचने लगी, कैसा था वह मर्द जिसने पगली के काले कलूटे कंकाल को हाथ लगाया। क्या ऐसा पगली की मरज़ी से हुआ, उसके साथ ज़ोर-ज़बरदस्ती की गयी! उस मर्द को कभी भूले से भी ध्यान न आया कि उसने पगली पर कितना भारी अत्याचार किया है। उस मर्द को कभी अपने बच्चे का भी ध्यान न आया जिसे उसने पगली के पास अमानत के रूप में रखा था!

शायद पगली यह जानती ही न होगी कि उसके बदन से एक बच्चे का जन्म होगा। प्रसव की पीड़ा उसने कैसे सही होगी! उस पर किसी दाई को दया न आयी। रात के अँधेरे में वह चीखती रही होगी! खुली हवा के झोंके उसके शरीर में शूल मारते रहे होंगे! ठण्डी भूमि पर पड़ी वह बिलखती रही होगी! परन्तु प्रकृति के कठोर नियम में बँधा उसका बालक दर्द पूरा होने पर अपने आप दुनिया में आया होगा, भूमि पर गिर पड़ा होगा, और पीड़ा से निचुड़ी हुई पगली की जीवन-डोर टूट गयी होगी!

फिर पूरो सोचने लगी—पगली को जीकर भी क्या लेना था! वह अपने बच्चे की क्या देख-रेख कर सकती थी! अच्छा हुआ उसकी जान छूट गयी। उसका बच्चा कितना सुन्दर है। टेढ़ी-मेढ़ी हड्डियों के झुलसे हुए पिंजर में कैसे इतना सुन्दर पल गया! कैसी मोटी-मोटी आँखें हैं इसकी। सारे नक्श सुन्दर हैं। पूरे मर्द का एक छोटा रूप! न जाने इसका बदनसीब बाप कौन होगा...

सोचते-सोचते पूरो ऊँघ गयी। पूरो ने देखा, एक दौड़ती घोड़ी पर डाल कर रशीद उसे भगाये ले जा रहा है। किसी बाग़ की एक छोटी-सी कोठरी में पूरे तीन दिन रखकर रशीद ने पूरो को घर से निकाल दिया है। पूरो पागल हो गयी है। वह गलियों में घूमने लगी है। उसके पेट में बच्चा सरसराने लगा है, और फिर...एक दिन एक पेड़ की छाया में उसने एक बच्चे को जन्म दिया है, जिसकी शक्ल-सूरत बिलकुल जावेद की सी है। उसका बच्चा उसकी छाती से लग कर दूध के लिए रो रहा है...

काँपकर पूरो जाग उठी। सामने खटोली में उसका नया बालक टिटियाकर रो रहा था। उसने उसे उठाकर छाती से लगा लिया, फिर डरकर अपने जावेद के मुख की ओर देखा, वह अभी कुछ ही देर हुई पास वाली चारपाई पर सो गया था। फिर उसने डरते-डरते बाहर चूल्हे के पास बैठे हुए रशीद की ओर देखा। रशीद अभी तक उसे छोड़कर नहीं गया था और न ही उसने पूरो को अपने घर से निकाला था। वह अपने घर सही-सलामत थी। रशीद उसका दयालु पति था, जावेद उसका घुँघराले बालों वाला पुत्र था। उसकी गली वाली कम्मो भी चोरी-छिपे उससे घुट-घुटकर बातें किया करती थी, पूरो के प्यार में हिस्सा बँटाती थी। और पूरो का परिवार और बढ़ गया था। उसने झुककर नये बालक का माथा चूम लिया।

फिर उसने उठकर हथेली भरकर सफ़ेद जीरा खाया। जावेद ने पूरे दो बरस पूरो का दूध पिया था, और उसका दूध छुड़ाये हुए उसे अभी बहुत दिन नहीं हुए थे। उसने यह सुना कि सफ़ेद जीरा खाने से औरत के दूध उतर आता है। पूरो ने छोटे बच्चे को अपने स्तन से लगा लिया।

तीन दिन बाद सचमुच पूरो के दूध उतर आया। गाँव की स्त्रियाँ देख-देख कर अचरज करती थीं। लड़का सचमुच पूरो का छोटा पुत्र बनकर पलने लगा।

जुड़े हुए उपलों में जैसे धीरे-धीरे आग सिंकती है, उसी प्रकार गाँव में खुसर-फुसर चल रही थी : ''पगली हिन्दू थी, उसके बच्चे को मुसलमानों ने ले लिया है, सारे गाँव में देखते-देखते उन्होंने हिन्दू बच्चे को मुसलमान बना लिया है...''

जैसे बिल्ली अपने बच्चे को दुनिया की निगाहों से छिपाकर रखती है, वैसे ही पूरो भी छोटे बालक को कलेजे से लगाये मकान की भीतरी कोठरी में बैठी रहती थी। फिर भी बातें दीवारों को भेदकर उसके कानों में पड़ जाती थीं।

पहले तो एक-दो हिन्दू घरों में बैठकें होती रहीं।

''यह बात पक्की है कि पगली हिन्दू थी ?'' कोई कहता।

''हमने अपने कानों से सुना है, वह लालमूसे के एक अच्छे घराने की लड़की थी, अच्छी-भली थी। जब उसकी सौतन ने उसे मुरदे की राख खिला दी, बस तभी से वह पागल हो गयी।'' कोई कहता।

''सुना है, उसके घरवालों ने उसे दरवाज़ों में बन्द करके रखा, पर उसके भाग्य में तो ख़्वारी लिखी थी।'' कोई कहता।

''अजी, यह तो कोरी बातें हैं। मैंने खुद उसकी बाँह पर 'ओम्' खुदा हुआ देखा है।'' कोई धरती पर हाथ मारकर कहता।

''अन्धेर है, यारो, हमारे देखते-देखते मुसलमान आँख में धूल झोंक गये।''

''धिक्कार है हम पर, हिन्दू बालक को उन्होंने मिनटों में मुसलमान बना लिया...''

''छोड़ो भी, यारो, न जाने वह लड़का किसकी बला है, किसकी नहीं, हम उस पिल्ले को कहाँ बाँधते फिरेंगे।'' कोई जना बीच में यह भी कह देता।

''नालायक! सवाल इस समय धरम का है। इस तरह तो कल वह सारा गाँव मुसलमान बना लेंगे और तू उनका मुँह देखता रह जाएगा।'' एक-दो व्यक्ति एक साथ ऊँचे स्वर में बोल उठते।

कमरे की हवा ऐसी हो जाती मानो बन्द दरवाज़ों में वह घुट गयी हो।

''लड़के को हम वापस लायेंगे, देखते हैं, कौन हमारा हाथ पकड़ता है।''

''असल में यही चार पैसों की बात है? महरी को चन्दा इकट्ठा करके दे देंगे, वह लड़के को अपने आप पाल लेगी।'' कोई जोश के साथ अपनी जगह से ज़रा आगे सरककर कहता।

''ऐसे गये-बीते तो नहीं, सारा गाँव मिलकर क्या एक लड़के को न पाल सकेगा?''

''कौन कह सकता है कि लड़का भी पगली की तरह गूंगा-बहरा निकलता है या...'' बीच में फिर कोई कह उठता।

''फिर क्या हुआ, बड़ा होकर धर्मशाला में झाड़ू लगा दिया करेगा। दो रोटियाँ ही खाएगा न!''

फिर वह एक-दूसरे के साहस पर साधुवाद करते प्रसन्न होते।

''पहले महरी से तो पूछ लो।'' कोई कहता।

''लो देखो। क्या वह न रखेगी? पहले चाँदी की जूती उसके सिर पर रखेंगे, फिर उससे बात करेंगे।''

''अरे भई, लड़के का क्या है। धर्मशाला में तो ढोर-डंगर का ही इतना काम है, मुफ्त में काम करने वाला मिल जाएगा।''

''अजी, अभी इसकी बिसात ही क्या है, लड़का पल तो जाये। पहले का...''

''अरे तुम लोग मरे क्यों जाते हो! धरम के नाम पर इतना भी नहीं कर सकते तो अंधे कुएँ में कूद मरो।''

''तुम्हारे खेत का पानी कोई अपने खेत में लगा ले तो तुम उसका सिर फाड़ देते हो, आज तुम्हारा हिन्दुओं का लड़का वह उठाकर ले गये हैं तो तुम्हारे मुँह पर ताला पड़ गया है!''

कमरे की हवा ऐसी हो जाती, मानो उसमें पत्थर के कोयले का धुआँ मिल गया हो।

अब जब रशीद अपने खेतों को जाता तो पास से गुज़रते हुए हिन्दू उसकी ओर कड़वी आँखों से देखते। रशीद अपने ध्यान में मग्न चला जाता।

एक-दो बार उसने बातों-बातों में पूरो से कहा कि भई, गाँव की हवा अच्छी नहीं है, हमें इस झगड़े में पड़कर क्या लेना है! बात लम्बी हो जाएगी। वे लड़का ले जायें अगर उनकी यही मरज़ी है। जो लड़के के भाग्य में होगा, हो जाएगा।

पूरो कहती तो कुछ ना थी, पर उसका मन व्याकुल हो उठता था। हड्डियों के एक छोटे से पिंजर को दिन-रात कलेजे से लगाकर उसने छह महीने का किया था। अब वह भी जावेद की भाँति गोलमटोल निकलता आता था। उसकी आँखें अब पूरो को पहचानने लगी थीं, जिधर-जिधर पूरो जाती उधर-उधर उसकी आँखें घूमती थीं। वह रशीद को देखकर बाँहें फैलाने लगा था...

फिर पहले दिन ही हिन्दुओं को उसकी सुध क्यों न आयी ? वह उसे ले जाते, पाल लेते, उसे माँ की-सी गोद देते, उसे पिता का-सा स्नेह देते। पूरे छह महीने पूरो ने रातें जागकर काटी थीं, जीरा फाँक-फाँककर अपनी नसों में से दूध उत्पन्न किया था, उसका मल धो-धोकर अपने नाखून घिसा लिए थे।

फिर पूरो को ख़याल आता था कि उसने लड़के को शहद खिलाया था और अपने पड़ोस के मुसलमानों के घरों में पंजीरी बाँटी थी कि लड़के को बड़ा होकर यह विचार न आये कि उसके जन्म पर किसी ने उसका कुछ न किया।

एक दिन गाँव के प्रमुख हिन्दुओं ने रशीद को बुला भेजा। पूरो के होंठों पर पपड़ी जम गयी। पूरो सोच में पड़ गयी। बच्चे को पालने का बीड़ा तो उसने उठाया था पर वे लोग रशीद को बुरा-भला कहेंगे, रशीद का अपमान करेंगे...

पूरो कह रही थी कि वह भी रशीद के साथ जाएगी। वही उनके सवालों की जवाबदार थी। वह स्वयं जाकर उनसे लड़के की भीख माँग लेगी...पर रशीद न माना, वह अकेले ही वहाँ चला गया जहाँ उन लोगों ने उसे बुलाया था।

गाँव के एक सम्मानित हिन्दू के मकान में चारपाइयाँ पड़ी थीं, जिन पर गाँव के कुछ प्रमुख हिन्दू बैठे हुए थे। उनका विचार था कि रशीद दो-चार साथियों को लेकर आयेगा, शायद न भी आवे, तब वे उससे दूसरे ही ढंग से निबटेंगे। पर रशीद बिलकुल अकेला ही चला आया। सलाम-दुआ करके उनके सामने बैठ गया।

''क्यों भई, क्या सलाह है तेरी ? लड़का वापस देगा या नहीं ?'' हुक्के की नली मुँह से निकाल कर उनमें से एक ने अपनी भारी-भरकम आवाज़ में कहा।

''मेरी क्या मजाल है। अल्लाह की देन है, मैं कौन होता हूँ देने वाला, लेने वाला!'' रशीद ने एक हाथ से अपने माथे को छूकर आकाश की ओर देखा।

''यह तो टालबाज़ी की बातें हैं! इन्हें छोड़, सीधी तरह बात कर!'' एक व्यक्ति ने क्रोधावेश में आकर कहा।

''मैंने तो अल्लाह के रहम पर उसे उठा लिया था। दो घड़ी और वहाँ न पहुँचता तो क्या पता कोई कुत्ता-बिल्ली ही उसे मुँह में धर लेता। अल्लाह के यहाँ से उसकी ज़िन्दगी थी...''

''ठीक है, अगर भगवान के यहाँ से उसका धागा लम्बा है, तो उसे कोई तोड़ नहीं सकता। पर एक बात तुझे मालूम होनी चाहिए कि उसकी माँ एक हिन्दू औरत थी, और तेरा एक हिन्दू बच्चे को उठाकर ले जाना हम सह नहीं सकते।''

''नहीं, मुझे मालूम नहीं कि वह हिन्दू थी कि कौन। वह हिन्दू घरों से भी खाना लेकर खाती थी, मुसलमान घरों से भी...'' रशीद कह रहा था।

''पर वह तो बावली थी, तू तो बावला नहीं,'' बीच में बात काटकर कोई बोल उठा।

''ठीक है, पर आप पहले दिन ही उस लड़के को ले लेते, पाल लेते, मैंने कब इनकार किया था! मुट्ठी भर वह पिंजर था। मेरी घरवाली ने जी-जान एक करके छह महीने काटे हैं। अब जब लड़का बच गया है तब आपको भी उसकी याद आती है। अल्लाह का खौफ़ खाइये। रब के नाम पर ही आप उसे पालेंगे, रब के नाम पर ही मैं उसे पाल रहा हूँ, नहीं तो मुझे इससे और क्या हासिल है...'' रशीद ने कुछ इस तरह कहा कि दो-तीन व्यक्तियों के मुख पर यही भाव झलकने लगा कि भई, छोड़ो, जाने दो किस्से को। पालता है तो पाले, मुफ्त की बला गले में क्यों डाल रखें।

''देख, हम बात को बढ़ाना नहीं चाहते। वह न हमारा कोई लगता है, न तेरा कोई लगता है। यह तो धर्म का सवाल है, सो तुझे धरम की राह में नहीं आना चाहिए। नाहक तू अपनी जान को संकट में डाल लेगा। किसी ने तेरे साथ कुछ बुरा-भला कर दिया तो हम ज़िम्मेदार नहीं होंगे। सो अपने आप सीधे रास्ते पर आ जा और लड़का वापस कर दे। और जो इतने दिन खिलाने-पिलाने के दो-चार रुपये लेना चाहता हो, वह भी ले ले।'' एक ने कहा।

''बेशक! बेशक!'' सब बोल उठे।

''अल्लाह...अल्लाह...'' रशीद ने दोनों हाथ अपने कानों पर रख लिए।

''मेहरी खड़ी हुई है, हमारे साथ दो-तीन आदमी और चलते हैं और तेरे घर से लड़के को ले आते हैं। उसे शुद्ध हम अपने आप कर लेंगे।''

''मैं एक बार आपसे बिनती करता हूँ कि उस लड़के पर रहम करें, और वह जहाँ है उसे वहीं रहने दें। मेरी घरवाली उसे अपने पेट के जाये की तरह पाल रही है।'' रशीद ने दोनों हाथ जोड़कर कहा।

''हमने तुझे सीधा रास्ता बता दिया है। जो तू खैर चाहता है तो भला आदमी बनकर उठ चल। नहीं तो हम भी जानते हैं कि सीधी उँगली से घी नहीं निकला करता।''—दो-तीन आदमी चारपाइयों से उठकर खड़े हो गये।

मकान के भीतर से मेहरी चादर ओढ़े हुए आ गई। रशीद को खड़ा होना पड़ा। फिर सब रशीद के घर की ओर चल पड़े।

पूरो अपने मकान के दरवाज़े पर खड़ी गली की आहट ले रही थी। जैसे ही उसने रशीद को सिर नीचा किये तीन-चार आदमियों के साथ आते हुए देखा, उसका कलेजा धक से हो गया।

पूरो की आँखों के आगे वह दिन फिर गया जिस दिन उसकी माँ उससे अलग हो गयी थी, जिस दिन उसका पिता उससे बिछुड़ गया था, जिस दिन उसके

भाई-बहन उससे छूट गये थे। यह लड़का उसका आत्मीय बन चुका था, इससे बिछुड़ने में भी उतनी ही पीड़ा थी।

पूरो ने दौड़कर उस लड़के को अपनी छाती से चिपटा लिया। रशीद अपने मकान के आंगन में आकर ऐसे खड़ा हो गया मानो उसे अपनी कोई सुध-बुध न हो।

न रशीद को कुछ कहने की आवश्यकता थी, न पूरो को पूछने की।

महरी भी एक पल को ठिठक गयी। पूरो की छाती से बालक को हटा लेना उसे बहुत कठिन लगा।

''जल्दी कर, देर हो रही है, फिर हमें भी तो काम पर लगना है।'' रशीद के साथ आये हुए आदमियों ने तीखे होकर कहा।

महरी ने दोनों हाथ बढ़ाकर पूरो के हाथों में से बालक को ले लिया। लड़के की मुट्ठी में पूरो का पल्ला आ गया। पूरो को लगा मानो वह लड़का अपनी मुट्ठी में भरकर उसका दिल भी लिये जा रहा हो। पूरो का पल्ला साथ खिंचता गया।

महरी ने लड़के की मुट्ठी खोलकर पल्ला छुड़ा दिया। लड़का चिल्लाकर रोने लगा, शायद अनजाने हाथों के स्पर्श के कारण।

पूरो टूटी हुई टहनी की भाँति दीवार का सहारा लेकर बैठ गयी। गली के मोड़ से बच्चे के रोने की आवाज़ आ रही थी।

अँधेरा पड़ने तक पूरो के स्तनों से दूध की धारें निकलने से उसकी कमीज़ गीली हो गयी थी। पूरो कहती थी, लड़का ज़रूर भूख के लिए बिलख रहा होगा, तभी तो उसकी छातियों से दूध की धारें बह रही थीं।

रात को पूरो के यहाँ न किसी ने कुछ पकाया न किसी ने कुछ खाया।

जब जावेद सहज भाव से पूछता, ''अब्बा! हमारे काके को कहाँ ले गये हैं?'' या ''अब्बा! हमारा काका कब आयेगा?'' तब पूरो और रशीद निरुत्तर-से जावेद की ओर देखकर रह जाते, लज्जित-से होकर सिर झुकाकर चुप हो जाते।

पूरो की आँखों के आगे कम्मो का मुख फिर आता, उसकी आँखों के आगे रह-रहकर लड़के का मुख आता। पूरो सोचने लगी, वह टूटे हुए फूलों को क्यों अपने गले से लगाकर रखती है? टूटी हुई कलियों पर पानी छिड़क-छिड़ककर उन्हें क्यों हरा करती है? सभी पराये थे। उसका अपना कोई न बन सकता था। यद्यपि सबसे सम्बन्ध छुड़वाने वाला भी वही था, फिर भी वह उसका अपना था, उसके जावेद का पिता था।

तीन दिन बीत गये। चौथे दिन गाँव में एक ही चर्चा चल रही थी, ''लड़का नहीं बचेगा, लड़का तो मरने को पड़ा है, लड़के का बुरा हाल है, बस दो घड़ी का मेहमान है, जो दूध की घूँट उसके अन्दर जाती है, वैसी की वैसी ही बाहर निकल जाती है।''

पूरो दीवारों से लग-लगकर रोती थी। उसके स्तन दूध इकट्ठा हो जाने के कारण अकड़ने लगे थे और उधर वह बच्चा था कि दूध न मिलने के कारण उसका मुँह सूख गया था। लड़के के मुँह और स्तन के बीच बड़ी दूरी पड़ गई थी।

''लड़के का दूध छुड़ा दिया है, लड़के की आह पड़ जायेगी।''

''अगर लड़का मर गया तो गाँव भर पर साड़ेसाती आ जायेगी।''

''मैं तो अपने आदमी से कहती हूँ कि भले आदमी बनो और जहाँ से लड़का लाये हो वहीं छोड़ आओ।''

''हम भी तो बाल-बच्चेदार हैं, किसी की आह अच्छी नहीं होती!''

''मेरा मरद ही आप मनमानी करता है, मैं तो पहले ही मना कर रही थी कि परायी आग में कूदकर तुम क्या लोगे!''

''कहते हैं, कल रात महरी ने लड़के को ठण्डा दूध पिला दिया। बस तब से ही लड़का कुछ का कुछ हो गया।''

''भला भैंस का दूध इतने छोटे बालक को पच सकता है! लड़के को उल्टियाँ आने लगीं।''

''नहीं जी नहीं, लड़का हुड़क उठा है। जब से हुआ, उसी का मुँह देखता रहा, अब और किसी से परचे तो कैसे परचे!''

''बेचारा बेज़बान है!''

गाँव की हिन्दू स्त्रियों के मुँह पर यही बातें थीं। पूरो आहट लेती थी, चौंक-चौंक पड़ती थी। उसका जी करता था कि वह दौड़ी-दौड़ी धर्मशाला चली जाये, उन लोगों से विनती करे कि इस तरह किसी जीव को न मारो। लड़के को मेरी झोली में डाल दो, वह ठीक हो जायेगा।

पर पूरो को साहस न होता था, उसके पैर न उठते थे। पूरो को आशा नहीं थी कि मज़हब के पत्थर जैसे कान उसकी विनती सुन लेंगे।

उसके अगले दिन भी कोई बात न हुई।

फिर अचानक ही रशीद के आंगन में दो-तीन आदमी आकर खड़े हो गये।

''यह लो, इसकी जान तुम्हारे हवाले करते हैं, बच सके तो बचा लो।'' और उन्होंने एक सफ़ेद कपड़े में लिपटे हुए पीले, प्रायः निर्जीव बालक को रशीद के हाथों में थमा दिया।

एक बार तो रशीद के मन में आया कि कसकर एक थप्पड़ उनके मुँह पर मारे, ''मेरी छह महीने की सेवा के लिए तुम मुझे चार ठीकरे देते थे, अब उसके पैर कब्र में लटकाकर मेरे हवाले करने आये हो! जाओ, जहाँ मरज़ी आये ले जाओ।''

पूरो का उल्लासित मुख देखकर रशीद सब कुछ पीकर रह गया।

एक सप्ताह के भीतर सारे ही गाँव ने देखा कि लड़का पूरो के आंगन में अच्छा-भला खेल रहा था...

## एक बनजारन

वैली लोगों का दीन ईमान सिर्फ़ ताकत होता है—बाज़ुओं की और धन-दौलत की ताकत। जिस किसी की बेटी-बहन या घर की औरत पर मन आ गया, उसे ज़ोर ज़बरदस्ती से उठवा लेना उनकी दिल्लगी होती है। औरत के तन, मन पर क्या गुज़रती है, वैली लोगों का इतिहास यह नहीं जानता...

मलकी बनजारों के कबीले की थी। बियाही हुई। गोद में एक साल का बच्चा था, लेकिन जब उस पर एक ज़मींदार की नज़र पड़ी, बन्दूकों के ज़ोर उस हसीना को उठवा लिया।

औरतों को छीन लेना, खरीद लेना और बेच देना एक तिजारत है हमारे देश में, लेकिन यह मलकी मैंने आँखों से देखी थी। इसलिए जो उस पर गुज़री उसे लिखते हुए मैंने कहानी का नाम दिया था 'मलकी'। लेकिन कहानी की कल्पना उसमें नहीं थी, जो देखा था कागज़ों पर उतार दिया था...

## मलकी

मोहरसिंह जब अचानक घोड़ी से गिरकर मर गया, तो आस-पास के गाँवों में जितने दोस्त थे, उनके घर जलते घी के दीये काँप गये। 'वे सरदारा! मेरिया थानेदारा...' हरनाम कौर, उसकी ब्याहता, कहकर रोती-रोती जब थक गई तो नसवार की एक चुटकी लेकर पिछली कोठरी में जा पड़ी।

केहरा, उसका बड़ा बेटा, जब क्रिया पर बैठा, उसकी आँखों के पपोटे सूज रहे थे। लोगों के लिए वह सारी रात रोता रहा था, पर यह सिर्फ़ उसे पता था कि वह मृतक के पिता के सिरहाने से जब पिस्तौल और शिलाजीत की डिबिया उठाकर पिछली रात एक कोठरी में गया था तो सारी रात फावड़े से कोठरी के एक कोने में गड्ढा खोदकर बाप के सारे गंडासे, छुरे और गोलियाँ-पिस्तौल छिपाता रहा था। जानता था कि पुलिस कभी इस घर की तरफ़ मुँह नहीं करती थी, पर यह भी समझता था कि पुलिस को जिस मुँह का मुलाहज़ा था वह मुँह न रहा तो पुलिस का लिहाज़ भी नहीं रहना था।

मलकी ने इस आँगन में कभी पाँव नहीं रखा। उसके लिए मोहरसिंह ने नया कोठा छतवा दिया था, पर आखिर सरदारी भी मोहरसिंह के लिए सदका थी, मरे हुए सरदार का मुँह देखने के लिए खोई हुई बछड़ी की तरह उसके आँगन में आ गई। फौजा, मोहरसिंह के यारों में नम्बर एक था। मोहरसिंह खुद भी उसे 'दरजा अव्वल' कहा करता था। मोहरसिंह का संस्कार हो गया और जब लोग घरों को लौटे, मलकी भी खामोशी से उठकर अपने घर को चली, तो फौजा उसके पीछे-पीछे हो चला। वह घर का कुंडा खोलने लगी तो फौजे ने पास होकर कहा, ''मलकीअत कौरे! दिल न

थोड़ा करना, बस, यही कहने के लिए तेरे पीछे आया हूँ।''

मलकी एक बार ठिठक-सी गई। एक मोहरसिंह था, जो उसे 'मलकीअत कौर' कहा करता था। उसके यारों-दोस्तों में से किसी की मजाल नहीं होती थी कि जो उसकी परछाईं भी छू सके। कभी वास्ता पड़ता तो हर कोई उसे भाभी कहता था, पर कभी उसका नाम नहीं लेता था। आज फौजे ने मोहरसिंह के मरते ही उसका नाम लेकर बुलाया तो वह एक पल चौंकी, फिर सँभल गई। कहने लगी, ''अब उम्र ढल गई देवर! मुझे काहे की फ़िक्र है। वह खुद सयाना था, जीते-जी यह कुआँ और खेत मेरे नाम करवा गया, मुझे सारी उम्र के लिए काफ़ी है। अकेली जान का क्या होना है।''

''फिर भी मैंने कहा, कभी भाभी, तू डोल जाए...बस यही कहने आया था।'' फौजासिंह ने शायद सचमुच और कुछ नहीं कहना था, यही कहकर पीछे लौट गया।

मलकी ने अन्दर से दरवाज़े का कुंडा लगा लिया, दीया जलाया और फिर निहत्थी-सी होकर खटिया पर बैठने लगी तो रोना आ गया।

'अकेली जान का क्या होना है', मलकी की अपनी आवाज़ ही उसके कानों में खड़ी हो गई, और जो रोना उसे सवेरे मोहरसिंह की लाश देखकर नहीं आया था, वह अकेली बैठी को आ गया—'सरदारा! तेरे जीते-जी भी तो अकेली थी, एक जगह ऐसी अकेली थी, तुझे भी नहीं दिखता था...'

मलकी ने गहरी साँस ली और सोचने लगी—'मोहरसिंह जब सात नियामतें लिए उसके पास बैठा होता था, तब भी मेरे सामने ऐसी ही जगह खाली होती थी, जो कभी भरती नहीं थी...इस खाली जगह पर वह आप कभी एक बच्चे को गोदी में डालकर बैठ जाती थी...बच्चे को दूध पिलाती थी...कन्धे पर लगाकर उस रोते हुए को बहलाती थी...और फिर सोए हुए बच्चे का मुँह चूम-चूमकर बावरी हो जाती थी...

जब वह बरस गिनती तो वही गोदी का बच्चा उसकी आँखों के आगे बड़ा हो जाता...वह नया ढीला कुर्ता सिलाती...और आटे की परात भरकर गूँथती...

बरसों की गिनती भूल जाती तो बच्चा छोटा हो जाता, बरसों की गिनती याद करती तो बच्चा बड़ा हो जाता...और वह अपने सामने पड़ी खाली जगह को आँखें मूँद-मूँदकर भरती रहती...

एक दिन सो रही थी, तो उसने सपने में अपने बेटे की सुन्नतें करवाईं। जागी तो मोहरसिंह की आवाज़ कान में पड़ी, 'मलकीअत कौरे! उठ चाय का घूँट बना, मैंने जल्दी जाना है...'

'मलकीअत कौर...' रोती हुई मलकी को हँसी-सी आ गई, बैठी-बैठी कहने लगी, मलकीअत कौर तो तेरे साथ ही मर गई सरदारा! अब बता इस मलकी का क्या करूँ?

'सरदारा जब जीता था, कभी रौ में होता था, तो उसे कहती थी—'वैलिया सरदारा, तूने यह क्या किया ? मुझ बसी-बसाई को उजाड़ना था तो दो बरस पहले उजाड़ देता, तब क्यों नहीं उजाड़ा जब एक बरस का बेटा झोली में डालकर बैठी थी...

और वैली सरदार कहा करता था, 'संयोग की बात होती है मलकीअत कौरे! मैंने सैकड़ों औरतें तेरे जैसी और तुझसे भी सवाई उठाईं और बेचीं, पर धर्म की सौगन्ध, दिल किसी पर नहीं आया था। तेरा सौदा तो किसी और के लिए किया था, पर ज्यों ही आँख उठाकर तुझे देखा, मेरे जी को जंजाल पड़ गया...'

और मलकी जी ही में काँप जाती, यह सरदार, जो मुझे बन्दूकों के ज़ोर से उठा लाया, जो औरों की तरह मुझे भी कहीं आगे बेच देता, मेरा पता नहीं क्या हाल होता... यहाँ मुझे गर्म हवा नहीं लगने देता...मुँह से एक बात निकालूँ तो छत्तीस नियामतें हाज़िर करता है...मैं शिकलीगरों की फकीरनी-सी औरत...यह मुझे राज करवाता है। और फिर मलकी की सारी दलीलें डूब जातीं, जिस्म पर पड़े सोने के गहने भी कच्चे रंग की तरह खुर जाते, और वह मन के गहरे दरिया में पड़ी उस किनारे को ढूँढ़ती जिस किनारे पर उसकी कोख से जन्मा उसका बेटा था...

वैली सरदार ने एक बार उसके लिए कोशिश की पर कुछ नहीं बना। शिकलीगरों को जब मलकी का पता लगा था, वह सरदार के गाँव आए थे, और सरदार ने उनके साथ एक सौदा करना चाहा था कि अगर वह मलकी का बेटा उसे दे दें तो पूरे पाँच हज़ार उनकी झोली में डाल देगा। पर शिकलीगरों ने सरदार को बदले की धमकी दी थी और सौदा थूक दिया था।

''सरदार मोहरसिंह से बदला ?'' सरदार ज़ोर से हँसा था, और फिर हवा में उसकी पिस्तौल की गोलियाँ हँसी थीं...

और फिर पता लगा कि शिकलीगरों का टोला हदें-सरहदें लाँघकर पाकिस्तान चला गया था...

''अठारह बरस हो गए...'' मलकी ने उँगलियों पर बरस गिने और फिर उनमें अपने बेटे की उम्र का वह बरस भी जोड़ा, जब उसने बेटे को आखिरी बार देखा था और फिर उन्नीस बरस के बेटे का मुँह याद करती सामने पड़ी हुई खाली जगह की तरफ़ देखने लगी...

मोहरसिंह का अभी मुश्किल से क्रियाकर्म ही हुआ था जब लोगों ने सुना कि मलकी अपने कुएँ-खेत छोड़कर पाकिस्तान चली गई है...

# हालात की परछाइयाँ

एक कहानी 'पिघलती चट्टान' मैंने 1974 के आरम्भ में लिखी थी। तब बिलकुल नहीं जानती थी कि मेरे अचेतन मन की यह कौन-सी अभिव्यंजना है। मैंने इसकी पृष्ठभूमि में नेपाल के स्वयंभू पर्वत के शिखर पर स्थित एक मन्दिर रखा था जहाँ एक नवयुवती राजश्री रात के चौथे पहर में जाती है और वहाँ पहुँचकर दूसरी ओर की ढलान की ओर उतरते हुए वह बसीगा नदी के पथ को पहचान लेती है, जिस नदी में कभी दो सौ वर्ष पूर्व उसके वंश की एक कुमारी ने जीवन से मुक्ति प्राप्त करने का मार्ग खोज लिया था।

राजश्री, मन के असमंजस में, वही मार्ग चुनती है जो कभी उसके वंश की एक कुमारी ने चुना था। साथ ही सोचती है—पैरों के लिए एक यही रास्ता क्यों बना है ?

कहानी आगे बढ़ती है तो राजश्री के मन में एक युग पलटता है। वह स्वयं को पहचान जाती है, जान जाती है कि किसी एक समय का सत्य हर समय का सत्य नहीं होता...और वह मृत्यु के ढलान की ओर से पैर लौटाकर जीवन की चढ़ाई के रास्ते को पकड़ लेती है।

पूरे दो वर्ष बीत गए। इस कहानी के पात्र के साथ अपने आप को जोड़कर कभी नहीं देखा था, कि एक रात अर्धनिद्रा की अवस्था में, मेरे जीवन का समय-चक्र लगभग पैंतीस बरस पीछे चला गया और मैंने देखा—मैं मुश्किल से कोई बीस बरस की हूँ, गुजराँवाला गयी हूँ, उसी गली, उसी घर में, जहाँ कभी मेरे पिता की बहन 'हाको' तहखाने में उतरकर चालीस काटते हुए मर गई थी।

...कानों में वही आवाज़ आयी, पैंतीस बरस पहले की, जब मुझे देखकर गली की 'जीवी' नाम की भक्तिन, जो पहले तो मुझे देखती रह गयी थी; फिर अपने हैरान चेहरे पर हाथ रखकर बोली थी—'हाय, मैं मर गयी! बिलकुल वही, वही हाको... वैसी की वैसी...'

उस गली में मेरी बुआ हाको के समय की यही एक स्त्री थी जो अभी तक जीवित थी। उसने यह कहा तो मैंने शीशे में अपने चेहरे को देखकर पहली बार हाको के चेहरे की कल्पना की...यूँ तो बुआ की सूरत से मेरी सूरत का मिल जाना एक स्वाभाविक बात हो सकती थी, पर लगा...यह प्रकृति का कोई रहस्य है, शायद होनी का संकेत। मैं उस समय मन की गहरी परेशानी से गुज़र रही थी। ब्याह हो चुका था, पर मन उखड़ा-उखड़ा था।...अपने चेहरे में हाको का चेहरा देखा तो आँखें भर आयीं। लगा, हाको का अंत ही मेरा अंत है...

वही दिन थे जब मैंने मरना नहीं जीना चाहा। तड़पकर सोचा—पैरों के लिए एक यही रास्ता क्यों बना है ? और फिर तड़पकर फ़ैसला किया—''मैं हाको

की तरह मरूँगी नहीं...जीऊँगी...''

जन्मों की बात नहीं जानती थी, पर सोचा जीवी भक्तिन के कहे अनुसार यदि यह सच भी है कि पिछले जन्म में मैं ही हाको थी, तब भी इस जन्म में उस तरह मरूँगी नहीं...

पर आपबीती मुझे 1974 में कहानी 'पिघलती चट्टान' लिखते समय चेतन तौर पर बिलकुल याद नहीं थी। मेरा अचेतन मन न जाने किस समय ऊपर आकर यह कहानी लिखवा गया, और फिर, मेरी आँखों से भी अपने आप को चुराता हुआ...मन की तहों में उतरकर अलोप हो गया...यह अजीब कहानी थी, खुद ही लिखी, और फिर मैंने उससे जीने का बल पाया...

## पिघलती चट्टान

रात का चौथा पहर था। शायद अभी चौथा भी नहीं था, क्योंकि स्वयंभू पर्वत के शिखर पर बने हुए मन्दिर में पूजा करने वाले लोग चौथे पहर इस रास्ते पर चलने लगते थे; लेकिन अभी इस पगडण्डी पर राजश्री के सिवा कोई नहीं था।

पथरीली चट्टानों को चीरती हुई यह पगडण्डी और इस पगडण्डी से बातें करते हुए राजश्री के पैर...

राजश्री को लगा जैसे इस पगडण्डी की ओर उसके पैरों की बातें बहुत लम्बी थीं, बहुत पुरानी। शायद दो सौ बरस पुरानी...

पर्वत के शिखर पर बने हुए मन्दिर की चौंध जब राजश्री की आँखों पर पड़ी, उसने आँखें झपककर मन्दिर की चौंध की तरफ़ से अपना मुँह परे कर लिया और मन्दिर के पिछवाड़े की तरफ़ बसीगा नदी की तरफ़ पर्वत से नीचे उतरती हुई पगडण्डी पर हो ली...

अब भी पैरों के नीचे स्वयंभू पर्वत की पगडण्डी थी, पर चढ़ाई की तरफ़ जाने वाली नहीं, उतराई की तरफ़ उतरने वाली...

और अचानक राजश्री के पैर एक चट्टान के पास रुक गए, जैसे उस चट्टान को थामकर खड़े हो गये हों...

'मैं कहाँ जा रही हूँ?' राजश्री का दिल ज़ोर से धड़का। यह बात उसने शायद अपने दिल से ही पूछी थी। दिल ने एक बार बसीगा नदी के उस रास्ते की तरफ़ देखा जो नदी के उस भयानक मोड़ की तरफ़ जाता था। जहाँ पानी का प्रवाह हमेशा एक भंवर बना रहता था—और फिर हँसकर कहने लगा, 'वहाँ ही, जहाँ दो सौ साल हुए तुम्हारे वंश की एक कुमारी रत्न राजलक्ष्मी गयी थी...'

राजश्री ने कुछ घबराकर आस-पास की चट्टानों की तरफ़ देखा। ऊपर-नीचे सब तरफ़ चट्टानें थीं—पत्थर की चट्टानें, और वहाँ इस रास्ते के सिवा कोई और

रास्ता नहीं था।

उसकी आँखों में एक हसरत सी भर आयी—'पैरों के लिए सिर्फ़ एक ही रास्ता...कोई और रास्ता क्यों नहीं?...इस पर्वत पर सिर्फ़ एक ही रास्ता क्यों बना?...'

राजश्री की पतली गोरी बाँहें जैसे चट्टान को हज़ारों बरस की नींद से जगाकर कुछ पूछ रही हों। पर वह चट्टान उसकी बाँहों को गले से लगाकर भी इस तरह चुप थी जैसे उसके पास कोई उत्तर न हो।

''रकसी!'' पथरीले पत्थर में से एक नरम-सी आवाज़ आयी।

राजश्री ने फूल की एक डण्डी की तरफ़ काँपकर देखा—उससे थोड़ी दूर 'वही' खड़ा हुआ था जिसको वह पूरे चालीस दिन से रोज़ इस पर्वत की परिक्रमा में देखती थी।

''रकसी, मुझे दो बात करने की इजाज़त दे दो!'' वह जो परे खड़ा हुआ था, वहीं खड़ा रहा, सिर्फ़ उसकी आवाज़ धीरे से चलती हुई राजश्री के पास आयी।

राजश्री की सफ़ेद धोती का रंग जैसे रात के चौथे पहर में भी गुलाबी-सा हो गया, पर उसने धोती के सफ़ेद रंग की तरह उदास और ठण्डी आवाज़ में जवाब दिया—''मेरा नाम रकसी नहीं।''

''मुझे नहीं जानना तुम्हारा नाम क्या है। मैंने सिर्फ़ यहाँ की रकसी पी है, और मुझे पता लगता है—तुम इस धरती को रकसी से भी बढ़कर कोई चीज़ हो...''

''रकसी सिर्फ़ चावलों की शराब होती है।''

''पर अगर कोई धरती की मिट्टी की शराब भी हो सकती है, तो वह तुम...''

''मैं...''

''तुम्हें देखा, और मैं इस धरती से लौट नहीं सका...''

''तुम...'' राजश्री की आवाज़ रात के चौथे पहर की हवा की तरह और कोमल हो गयी और ठण्डी भी, कहने लगी, ''तुम जिस देश से आये हो वहाँ लौट जाओ... नहीं तो...''

''नहीं तो?''

''...परदेसी?''

''मेरा नाम कुमार है''

''अच्छा राजकुमार!''

''मैं राजकुमार नहीं हूँ, सिर्फ़ एक साधारण कुमार हूँ।''

''पर इतिहास...'' राजश्री कुछ कहते-कहते रुक गयी, पर फिर सवेरे की पवन सरीखी कहने लगी, ''तुम्हें पता है मैं कौन हूँ?''

कुमार ने किसी फूल की पहली खिलती हुई पत्ती की तरह कहा, ''इस मिट्टी की बेटी, इस मिट्टी की शराब!''

राजश्री ने अपनी पीठ को चट्टान का सहारा दे रखा था, पर उसे लगा—इस घड़ी हर सहारे को छोड़ना था। सीधे खड़े होकर वह तन-सी गयी और बोली, ''मैं कुमारी हूँ। तुम्हें पता है हमारे देश में कुमारी क्या होती है ?''

''नहीं।''

''नीचे काठमाण्डू की वादी में जाकर किसी से पूछो।''

''और किसी से नहीं, जो पूछना है सिर्फ़ तुम से।''

''मैं शाक्यवंशी हूँ, बोधियों के वन्दनीय वंश से, बांडियों से।''

''फिर ?''

''मेरे वंश में जिस लड़की के रूप में बत्तीस लक्षण हों...''

''वह सब मैं देख रहा हूँ—तुम मेरे स्वप्नों से भी सुन्दर हो...''

''पर मेरे वंश में ऐसी लड़की जब सात वर्ष की होती है, कुमारी चुनी जाती है...''

''क्या मतलब ?''

''तुम्हें शायद मेरी धरती का इतिहास नहीं मालूम। यहाँ का राजा सिर्फ़ राज का प्रतिनिधि होता था—राज असल में कुमारी का होता था। वह कुमारी घर में रहती थी और राजा उसकी पूजा करके राज-काज सँभालता था।''

''पर वह पुराने समय की बात होगी...''

''हाँ, पर एक तरह से अब भी है। अब भी मेरे वंश की लड़की उस समय तक कुमारी रहती है जब तक वह जवान नहीं होती।''

''फिर ?''

''जब वह जवान हो जाती है, कुमारी नहीं रहती। उसकी जगह और कुमारी चुनी जाती है, और देश का राजा अब भी उसकी पूजा करता है। कुमारी उसके माथे पर तिलक लगाती है...''

''पर तुम...अब...''

''अब मैं कुमारी नहीं हूँ, पर कुमारी थी।''

''मेरी मुहब्बत को तुम्हारे अतीत से कोई वास्ता नहीं है...तुम जो भी थीं...''

''पर तुम्हें पता नहीं...एक बात बताऊँ ?...मैं आज इतनी रात के समय इस मन्दिर में पूजा करने आयी थी, पर कर नहीं सकी...''

''क्यों ?''

''मैं अपने शाक्य वंश के बुद्ध से अपना आप माँगने आयी थी, मेरा अपना आप...'' राजश्री ने चट्टान की तरफ़ देखा और कहा, ''कुमारी एक चट्टान होती है जो पिघलती नहीं, पर मैं...कई दिनों से लग रहा था, जैसे पिघल रही हूँ...तुम्हें देखकर रोज़ इस पर्वत की परिक्रमा करती थी...'' राजश्री कुछ इस तरह उदास हो गई जैसे सवेरा होने से पहले रात और गहरी हो जाती है। कहने लगी, ''अपना आप

अपने हाथों से छूटता जा रहा है...मन्दिर के पास आकर भी मन्दिर के अन्दर नहीं गयी—सोचती हूँ अपने आप को हाथ में पकड़े रखकर भी क्या करूँगी ?''

कुमार के पैर उसके दिल की तरह धड़क उठे। वह कुछ आगे बढ़कर राजश्री के पास खड़ा हो गया। फूल से आती हुई महक की तरह धीरे से कहने लगा, ''कुमारी !''

''कुमारी को सारी उम्र कुमारी रहना पड़ता है...'' राजश्री ने अपनी दोनों हथेलियों से अपने मुँह को एकाएक इस तरह ढँक लिया जैसे पुरुष की गंध में साँस लेने से डरती हो। बोली, ''यह कुमारी राज का कानून नहीं है—पर कोई आदमी किसी कुमारी से ब्याह नहीं करता। करे तो मर जाता है।''

''मुझे मरना मंजूर है...'' कुमार ने दोनों-हथेलियाँ राजश्री की दोनों हथेलियों पर, मानो फूलों की तरह, अर्पण कर दीं।

राजश्री ने काँप कर अपने मुँह के ऊपर से अपने हाथ हटा लिए। कहने लगी, ''इस धरती पर पहले शक्ति-राज होता था। श्वेतकाली इस पृथ्वी की रानी थी जब इस पर हमला हुआ था। ज्योतिषियों ने कहा कि श्वेतकाली की बेटी कुमारी के हाथों अगर दुश्मन का जवान लड़का कत्ल हो जाए, इस धरती की विजय होगी। पर कुमारी ने जब उस हमलावर को देखा—उसको...उसको...राजश्री ने पहाड़ी हवा की तरह काँपकर कुमार के मुँह की तरफ़ देखा, फिर एक चट्टान के पहलू में होकर कहने लगी, ''मुहब्बत और दुश्मनी में लकीर नहीं खिंच पा रही थी, पर श्वेतकाली ने अपनी बेटी को हुक्म दिया कि वह उसे कत्ल करे। उसने कत्ल किया। हमलावर हार गये। कुमारी को देश की रानी बनाया गया, और उसका तख्त जहाँ सजाया गया वहाँ तख्त के नीचे उस आदमी के दोनों हाथ, पैर, उसका खड्ग रखे गए जिससे उसने प्यार किया था...''

कुमार ने धीरे से राजश्री के पैरों के पास बैठते हुए अपने दोनों हाथ ज़मीन पर बिछा दिए और बोला, ''अगर हर कुमारी की यही शर्त है तो...''

राजश्री ने झुककर कुमार के दोनों हाथ छुए और अपने हाथों से सहारा देकर उन्हें ऊपर उठाया। कहने लगी, ''पर औरत की मुहब्बत राज के सिंहासन से भी बड़ी होती है। उस कुमारी ने राज किया, पर ब्याह नहीं किया। जिसे कत्ल किया था उसे ही याद करती रही। तब से ही कुमारीघर बना और तब से ही यह यकीन कि कोई कुमारी जिसके साथ भी ब्याह करेगी वह जीता नहीं रहेगा...''

''पर कुमारी ! एक समय का सच हर समय का सच नहीं होता...''

''पता नहीं...'' राजश्री ने पर्वत के पिछवाड़े बसीगा नदी की तरफ़ नीचे रास्ते की तरफ़ देखा। कहने लगी, ''मेरे वंश में मेरी तरह की एक रत्न राजलक्ष्मी हुई थी...मेरी तरह ही कुमारी चुनी गयी, हाथों में राजा के भेजे हुए कंगन उसने पहने, गले में लाल रंग की चोली, और लाल रंग का लहंगा, माथे पर सिन्दूर का लेप और

फिर जब मेरी ही तरह जवान हो गयी, उसको कुमारीघर से वापस उसकी माँ के घर भेज दिया गया—वह कई बरस इस स्वयंभू पर्वत पर घूमती रही, और फिर एक दिन इस पर्वत के पिछवाड़े वाली नदी में डूब गयी...''

''क्यों ?'' कुमार ने थिरकती हुई उँगलियों से राजश्री के कन्धे को छुआ।

''शायद...शायद उसे भी कोई कुमार अच्छा लगा था...'' राजश्री ने कहा और थोड़ा-सा हटकर पर्वत के नीचे उतर रहे रास्ते की ओर देखने लगी। फिर बोली, ''दो सौ साल से हमारे पैरों के लिए यही रास्ता बना हुआ है...''

''नहीं...नहीं,'' कुमार ने आगे होकर राजश्री का हाथ पकड़ लिया।

राजश्री ने एक नदी जैसा गहरा साँस लिया, और कहने लगी, ''जब किसी लड़की को कुमारी बनाया जाता है, उसके माथे पर सोने-चाँदी की एक आँख लगायी जाती है—तीसरी आँख! उसे हम दृष्टि कहते हैं। उसमें सचमुच कोई शक्ति होती है। उससे मन की ताकत कभी नहीं डोलती। पर अब...अब इन दोनों साधारण आँखों से और कोई रास्ता दिखायी नहीं देता...''

कुमार ने आगे होकर और राजश्री को बिलकुल अपने पास करके उसके माथे को चूम लिया, ''यह एक मर्द का सारा इकरार—तीसरी आँख!'' और कुमार ने राजश्री को नदी की तरफ़ से हटाते हुए कहा, ''क्या इस तीसरी आँख से भी कोई रास्ता दिखाई नहीं देता ? जीने का रास्ता...''

राजश्री ने सामने एक पर्वत जैसे मर्द को देखा, फिर हथेली से उसकी छाती को इस तरह छुआ जैसे जीने का रास्ता खोज रही हो। कहने लगी, ''जब सात बरस की बच्ची को कुमारी चुनते हैं, पहले सारी रात एक कमरे में जानवरों की खोपड़ियाँ रख के उस लड़की को उस कमरे में बंद कर देते हैं। जो वह सारी रात न घबराये तो उस लड़की को कुमारी चुनते हैं...पर एक समय आता है...उम्र का तकाज़ा...जब वही कुमारी अपने आप से घबरा जाती है...''

कुमार ने राजश्री को कसकर अपने गले से लगा लिया—और सवेरे का पहला उजाला हज़ारों चट्टानों के बीच खड़ी हुई एक पिघलती चट्टान को देखने लगा...

*लाखनबीर! गोली धीरे चलइयो!*
*पुलिस आ गई खेतन में*
—मध्य प्रदेश का एक लोक गीत

# दीवारों के साये में

ऑस्कर वाइल्ड की एक छोटी-सी कहानी है—'हाउस ऑफ़ जजमैंट' जिसकी अन्तिम पंक्तियाँ हैं—'खुदा ने आदमी की ज़िन्दगी के हालात देखे-सुने और कहा, ''इसे दोज़ख में भेजना होगा'' और यह सुनते ही आदमी चीख़ पड़ा, कहने लगा, 'नहीं खुदा! आप मुझे वहाँ नहीं भेज सकते'...

खुदा ने पूछा 'क्यों?' तो आदमी कहने लगा—'क्योंकि मैं हमेशा दोज़ख में ही रहता था...'

खुदा की अदालत में खामोशी-सी बरस गई। फिर खुदा ने कहा, 'अच्छा, मैं तुम्हें बहिश्त में भेजता हूँ', तो आदमी ने फिर चीख़ कर कहा—'नहीं, आप मुझे वहाँ नहीं भेज सकते...'

खुदा हैरान हुआ पूछा—'क्यों?' तो आदमी ने कहा, 'इसलिए कि मैं जिस दुनिया में रहता था, वहाँ बहिश्त की कल्पना नहीं कर सका। और जो कल्पना में नहीं है, वहाँ कैसे रह सकता हूँ...'

यही मुश्किल हुई कि इन्सान ज़िन्दगी पाकर भी जीने की कल्पना नहीं कर पाया। वही कल्पना खो गई, तो हर तरह का जुर्म दीवारों के साये में होने लगा...

# जनाज़े की कसम

तिहाड़ जेल के एक कैदी नूर मोहम्मद के लफ़्ज़ थे ''इन पतीलीचोरों में कहीं खुदा भी आ जाए तो लोग कहेंगे—अजी, जेबकतरा होगा...मुझे मेरे जनाज़े की कसम, अगर किरन बेदी न होती तो यहाँ मैं ज़िन्दा नहीं होता।''

22 मार्च 1994 के दिन जब किरन बेदी ने मुझे और इमरोज को तिहाड़ जेल में जाकर कैदियों-बंदियों के साथ बातें करने के लिए कहा, तो यह हकीकत है कि जो देखा, वह यह है कि तिहाड़ जेल कदम-कदम चलती तिहाड़ आश्रम की मंज़िल की ओर जा रही है।

समय सुबह के करीब 10 बजे का था इसलिए हर वार्ड में यह समय इल्म के लेखे लग रहा था। जहाँ-जहाँ पेड़ों की घनी छाया थी, वहाँ-वहाँ दरियाँ बिछा कर कैदी बैठे हुए थे, सामने पेड़ के तने के साथ टिकाया हुआ बड़ा-सा बोर्ड था, जिस पर कोई पढ़ा-लिखा कैदी, चॉक से कोई इबारत लिख कर, औरों को पढ़ा रहा था। इस इबारत में सवालनुमा इबारत भी थी, कुछ ऐतिहासिक नामों को लेकर कि अमुक का जन्मदिन कब है? और कैदियों में, जिस किसी को इसका उत्तर आता था, वह उठकर चॉक से बोर्ड पर जवाब लिख रहा था...।

**नया प्रयास :** यह तिहाड़ आश्रम का हिन्दी और अंग्रेज़ी में एक मासिक पत्र है, *नया प्रयास* जिसमें ऐतिहासिक जानकारी भी शामिल की जाती है, गाँधी, रजनीश और

अन्य चिंतनशील लेखकों के वचन भी और कैदियों के लिखे मजमून और नज़्में भी। मिसाल के तौर पर, एक अंक में जेल नम्बर 3 के सलीम साहिल की सतरें हैं—

*कहीं भीड़ थी, कहीं मेला था*

*खुदा की कसम मैं अपनी ज़िन्दगी*

*के स.फ़र में*

*सिर्फ़ अकेला था...*

इस पत्र में शिकायतों के लिए जगह है, मसलन कुछ कैदियों की यह शिकायत भी प्रकाशित है कि पेरोल पर जाने के बाद पुलिस उनकी गलत रिपोर्ट देती है और पुलिस खुलेआम रिश्वत लेती है। अगर पैसा न दिया जाए तो रिपोर्ट अच्छी नहीं लिखी जाती। हर रोज़ थाने में जाकर हाज़िरी लगवाना और कई बार कई घंटों तक बाहर बिठाए जाना, बड़ा दु:खदायक होता है। और इस शिकायत में यह मांग दर्ज है कि पेरोल पर जाने के बाद खुफ़िया तौर पर उनकी निगरानी रखी जाए।


**पंचायत :** कानूनी पंचायत बनाई जा रही है, जो ज़रूरतमंद कैदियों की सहायता करेगी, उनकी ओर से अर्ज़ी देकर उनकी सुनवाई के लिए। पर आपसी इख़्तलाफ़ को निबटाने के लिए एक पंचायत बन चुकी है, जहाँ कैदियों के आपस में हुए छोटे-छोटे झगड़े निबटाए जाते हैं।

इसी पंचायत में सोचा गया कि कैदियों की होमो-सैक्सुएलिटी के बारे में बहुत कुछ कहा जाता है, इसलिए नरेश कक्कड़, एक हवालाती ने तिहाड़ आश्रम की पत्रिका में एक मजमून लिखा है, ''समलैंगिकता जवानी का विकृत रूप है। समाज के आदर योग्य स्थानों कॉलेजों, होस्टलों और मोहल्लों में ऐसा कर्म, जेल से कहीं बढ़कर है—प्राचीन समय में जैसे ऋषि आश्रम होते थे, अब तिहाड़ जेल का माहौल आश्रमों जैसा हो रहा है। यह देखने वाली बात है कि ध्यान साधना के दस दिनों में कैदियों ने आपस में बात तक नहीं की। मौन के आनंद को तोड़ नहीं...यह समलैंगिकता वाला कर्म अब जेल में करीब न के बराबर हो गया है...''

**रंगमंच :** कैदियों ने मिलकर एक रंगमंच तैयार किया है, जिसके लिए कुछ अच्छे कलाकार तैयार हुए हैं, कुछ कैदियों में सामाजिक और सियासी चेतना इतनी जाग रही है कि वह कई बार बड़े बढ़िया राजनीतिक व्यंग्य अपने नाटकों में खेल जाते हैं। मिसाल के तौर पर, घरेलू जद्दोज़हद की एक कहानी थी, जिसमें दो पक्षों से होती खींचतान को देखकर उसका किरदार कहता है—''अजी, मैं कश्मीर नहीं हूँ, जिसे कोई एक ओर से खींचता है, कोई दूसरी ओर से''।

**संगीत सभा :** तिहाड़ आश्रम ने हारमोनियम, तबला व अन्य साज़ उन दिनों के लिए खरीद लिए हैं, जब ख़ास-ख़ास दिनों पर कुछ कैदी मिल कर गाना चाहते हैं।

**ध्यान साधना :** किरन बेदी की ओर से शुरू किया गया यह ध्यान साधना का कोर्स शायद सबसे बढ़कर, कैदियों को उस नए तजुर्बे से परिचित करवा रहा है, जो ज़िन्दगी का हिस्सा नहीं था। दस-दस दिनों की साधना के बाद कैदी एक सेमिनार भी करते हैं और अपना-अपना अनुभव बयान करते हैं। मिसाल के तौर पर, उनके पत्र में छपी हुई एक सेमिनार की रिपोर्ट है : लक्ष्मण-पुत्र श्री निवास ने कहा—''मैं क्रोधी स्वभाव का था। चिड़चिड़ा, अन्दर से हर समय बेचैन-सा था। अब रोज़ नियम से मैं सुबह-शाम एक घंटा ध्यान करता हूँ।''

नवल-पुत्र गणेश सिंह ने कहा—''पूरे दस दिन ध्यान करने के बाद मेरे अंदर एक अजीब शक्ति आई है। अब किसी से नफ़रत करने को दिल नहीं करता। बदला लेने की इच्छा भी खत्म हो गई है।''

शेर सिंह-पुत्र तेजा सिंह ने बताया—''दुनियादारी निरा छलावा है। सिर्फ़ प्रेम लफ़्ज़ सच है।'' अतर सिंह-पुत्र लायक राम ने बताया—''पहले मैं नफ़रत से भरा हुआ था और बदला लेने के बारे में हर समय सोचता रहता था। अब मुझमें एक तबदीली आ गई है।''

औरत कैदियों के वार्ड में मेरे सामने अधिकारियों से पचास साड़ियों की माँग की गई, जो हल्के नीले रंग की हों। उनका नज़रिया था कि ऐसा रंग पहन कर साधना में बैठना मन को एकाग्र कर देता है।

**खुदा जाने :** वार्ड नम्बर 4 में एक चचा अकरम हैं जो शेरो-शायरी करते हैं। उस कैदी चचा अकरम ने मुझसे कहा कि मैं आज कैदियों को कोई नज़्म सुनाऊँ और इस तकाज़े का पहला कदम यही हो सकता था कि अकरम ने खुद एक नज़्म कही :

> *किरन बेदी तेरी अस्मत को भारत*
> *में वह क्या जाने*
> *वह पहचानेगा, तुझ को, पहले जो*
> *इन्सां को पहचाने*
> *तेरे सीने में इन्सानों का सच्चा दर्द*
> *है अकरम*
> *तू लक्ष्मी है, या देवी है, या सीता है,*
> *खुदा जाने !*

मेरे लिए इन पलों का दर्शक होना, एक मूलतः नये कोण से हुआ तजुर्बा था। जब देखा कि वहाँ जितने भी चालीस-पचास कैदी थे, वे सारे किरन बेदी की ओर देखते-देखते जैसे सूर्यमुखी हो गए हों...वह जिस तरफ़ जाती, कैदी उधर देखने लगते।

यह बड़े पिघले हुए पल थे और कैदियों के कहने पर मैंने एक नज़्म की कुछ सतरें हिन्दी में सुनाईं—

मेरे लोग हांडी में दाल नहीं, खौ.फ रांधते हैं।
और बेज़ायका सालन के लिए
किसी विश्वास के नमक की चुटकी
किसी दुकान पर नहीं मिलती
दोस्तो! दुआ मांगो कि कुल्हाड़ियों
का मौसम बदल जाए
पेड़ों की उम्र पेड़ों को नसीब हो!
टहनियों के आंगन में हरे पत्तों को
जवानी की दुआ लगे!
कहते हैं कि दुआओं का पानी छिड़क दें
तो खुदा महक जाता है
मुहब्बत का चिराग रोशन करें,
तो सब में खुदा दिखता है...

इन सतरों से कैदी उदास भी हुए और खुश भी। उन्होंने तालियाँ भी बजाईं और फिर चुप्प से होकर पता नहीं किस-किस स्मृति में उतर गए...

किरन बेदी ने कैदियों को इमरोज़ से परिचित कराते हुए कहा—यह इमरोज़ हैं, बहुत बड़े चित्रकार, किसी दिन आप जितने भी कैदी चित्रकला का शौक रखते हैं, रंग और ब्रश लेकर इनकी निगरानी में चित्र बनाना। आज इन्होंने मेरे साथ बातें करते हुए एक बहुत प्यारी बात कही, जो मेरे लिए भी है, और तुम सबके लिए भी। इन्होंने कहा—कि हम सभी के भीतर कई अच्छाइयाँ होती हैं, पर हम हमेशा अपने स्वभाव का बुरा पहलू घरों में भी इस्तेमाल करते हैं, बाहर भी। हम छोटे-छोटे मौकों पर भी दूसरे को कोई-न-कोई खुशी दे सकते हैं, पर देते नहीं। ज़िन्दगी के मौके व्यर्थ जा रहे हैं...देखो! काँटों को बोना नहीं पड़ता, वे अपने आप उग आते हैं, पर फूलों और फलों को बोना पड़ता है।...अच्छाई हमेशा बोनी पड़ती है, जो काँटों की तरह अपने अन्दर से निकालनी होती है...''

देखा—किरन बेदी के हर शब्द को ऐसे ध्यान से सुन रहे थे—जैसे किसी-न-किसी अच्छाई को बोने के लिए, वे अपने मन की गुड़ाई कर रहे हों।

## सईयां रे, तू मेरी गली को छेल कड़ी पहना दे!

गुजरात में एक बात कही जाती है कि गुरबत से टूटे हुए एक इलाके में एक ज़िंदादिल लड़की रहती थी—उस इलाके की एक बहुत संकरी और बेचारी-सी गली

में। उसकी उम्र पर जब मुहब्बत का मौसम आ गया, तो गली की गरीबी से झिझकती हुई ने अपने सईयां से जो पहली सौगात माँगी, वह थी, सईयां रे, तू मेरी गली को छेल कड़ी पहना दे!

सुर्ख रंग के जिस फूल को जवाकुसम कहते हैं, गाढ़े हरे पत्तों के बीच में से निकलते उस फूल की छाती में से बौर से भरी हुई एक लड़ी निकलती है, कानों में डालने वाली मोतियों की लड़ी जैसी। उसी फूल को गुजराती में छेल कड़ी कहते हैं। छेल लफ्ज़ छैला के अर्थों में है, सलोने-सजीले छैला के अर्थों में। इसलिए छेल कड़ी से मुराद है—छैले सईयां की दी हुई मोतियों की लड़ी।

वह सुन्दरी ऐसी कोई माँग अपने लिए नहीं करती, अपनी गली के लिए करती है कि अगर उसकी गली में छेल कड़ी का पेड़ होगा, तो उसकी गली कुछ सज-संवर कर जीती-बसती गलियों जैसी हो जाएगी।

किसी जेल से बढ़कर बेचारी-सी जगह दुनिया में और कोई नहीं होती। और ऐसी ही अंधेरी गली में किरन बेदी ने सचमुच छेल कड़ी का पेड़ बो दिया था। जब 30 अक्टूबर 1993 के दिन तिहाड़ जेल में एक हवन किया, और जेल का नाम तिहाड़ आश्रम रख दिया था।

नस्ली भेद-भाव को सामने रख कर जिस तरह कहा जाता है कि काले इनसान की मुस्कुराहट काली नहीं होती, और गोरे इनसान की मुस्कुराहट गोरी नहीं होती, लगता है कुछ उसी अहसास को किरन बेदी ने गहराई से महसूस किया कि किसी एक घड़ी की गलती इनसान को तमाम ज़िन्दगी के लिए मुजरिम नहीं बना देती। उसके भीतर सोई हुई अच्छाई को जगाया जा सकता है। और तिहाड़ जेल का कायाकल्प करने के लिए तिहाड़ जेल को तिहाड़ आश्रम बना दिया।

## मायाकल्प

गुजराती के एक शायर सुरेश दलाल ने एक बहुत प्यारा लफ्ज़ साहित्य को दिया है—मायाकल्प। माया का अर्थ लोक भाषा में मोह, प्यार होता है। मोह, प्यार से किसी का कल्प करना मायाकल्प है। किरन बेदी का सारा यत्न सचमुच मायाकल्प कहा जा सकता है, क्योंकि कैदियों में सचमुच भली ज़िन्दगी के लिए मोह जग रहा है। ऐसे मोह में से लिखी हुई वार्ड नं. 4 के कैदी चचा अकरम की नज़्म है—

नया प्रयास लेकर उठ गए हैं आश्रम वाले

हम इन्सां बन कर निकलेंगे चमन वाले, वतन वाले

हमें इज़्ज़त दी, शिक्षा दी, शहरे-आदमियत दी

वतन का गौरव बन जाएँगे, एक दिन आश्रम वाले...

# बहुत साल पहले

जिन्हें जरायमपेशा नहीं कहा जाता, लेकिन मानसिक तौर पर वे जरायमपेशा होते हैं, उन्हें देखते-देखते और झेलते-झेलते मैं इतना थक गई थी कि मन में आया—तिहाड़ जेल में जाकर उन लोगों को कुछ करीब से देखना चाहिए, जो मुजरिम करार दिए गए हैं। अहसास होता था कि उनमें से बहुत से लोग ऐसे होंगे जो किसी घड़ी किसी आवेश में कोई जुर्म कर बैठे होंगे, और कानून की पकड़ में आ गए होंगे, लेकिन मानसिक तौर पर वे जरायमपेशा नहीं होंगे...और जेल अधिकारियों को मैंने इसी मकसद से एक खत लिखा और वह भी जगमोहन जी के द्वारा भेजा गया, फिर भी जेल अधिकारियों ने मुझे कैदियों से मिलने की इजाज़त नहीं दी।

फिर 1975 में जब मेरी एक कहानी पर फ़िल्म बन रही थी, उसकी शूटिंग दतिया ज़िले में होनी थी, शेवड़ा में। निर्देशक बासु भट्टाचार्य थे, दोस्त थे, इसलिए उनका तकाज़ा था कि मैं एक महीना शूटिंग के दौरान वहीं उन सब के साथ रहूँ...

कहानी में डाकुओं के हाथों बर्बाद हुए, रत्ना और राजू जंगल-जंगल भटक रहे थे कि उनके यहाँ बेटी का जन्म होता है। खुशी और उदासी एक साथ बहने लगती है। कहीं कोई ओट नहीं, सहारा नहीं और ख़तरे की आहट हर कदम पर सुनाई देती है, इसलिए बच्ची की आमद छाती में ममता भी भर देती है, और खतरे के बादलों को और स्याह कर देती है। इस समय के लिए मैंने माँ की एक लोरी लिखी थी, जो लता मंगेशकर की आवाज़ में गाई गई थी, और कौशल्या नदी पर शूटिंग हो रही थी,  उस गीत का रिकॉर्ड बज रहा था—

> *तू धूप का है टुकड़ा मैं दाग दाग साया*
> *तू रौशनी का सपना मेरी कोख़ में क्यों आया...*
> *मैं बेदरो दीवार हूँ, तुझको कहाँ छिपाऊँ*
> *और तू जहाँ पे खेले, वह घर कहाँ से लाऊँ..*
> *तू इश्क़ की है रहमत, तू जिस्म की इबादत*
> *पर मैं सुलगता दामन, मैं सुलगती किस्मत...*

इतने में एक पतला-दुबला-सा आदमी मेरे पास आया, नमस्कार की, और पूछने लगा—'क्यों बहन जी! यह गीत आपका लिखा हुआ है?' मैंने सरसरी तौर पर कहा, जी हाँ, मेरा लिखा हुआ है। और वह चला गया। इतने में शेवड़ा के एक वकील थे नारायण सिंह यादव, जो मेरे पास आए, कहने लगे—''मैं दूर से देख रहा था, अभी-अभी जो एक आदमी आपके पास आया था, क्या कहता था?'' मैंने बताया—''कुछ नहीं, सिर्फ़ पूछता था कि यह जो रिकॉर्ड बज रहा है, इसका गीत मैंने लिखा है?''

वे कहने लगे—''ज़रा खबरदार रहना। यह आदमी इस इलाके का नामी डाकू है—देवी सिंह। आजकल ज़मानत पर आया हुआ है, किसी को भी उठा ले जा सकता है, फिर, फिरौती माँगता है, बहुत बड़ी रकम...''

वह जो देवी सिंह था, अब किनारे की भीड़ में कहीं खो गया था। मैंने उसे अच्छी तरह देखा नहीं था, कि जल्दी से पहचान सकूँ, फिर भी इधर-उधर भीड़ में उसे खोजती रही। मिल गया, तो कहा—''देवी सिंह जी! अगर आप के पास वक्त हो, तो अभी शूटिंग के बाद हम लोग सामने के किले में जाएँगे, वहीं सब ठहरे हैं, आप वहाँ हमारे साथ चलिए, चाय पीने के लिए।''

वह मान गया और किले में पहुँच कर मैंने देवी सिंह के लिए पूरी और चाय मँगवाई। फिर पूछा—'यह तो आपने जान लिया कि मैं लिखती हूँ, गीत भी, कहानी भी, इसलिए आप को एतराज़ न हो तो मैं आपकी कहानी लिखना चाहूँगी कि आप डाकू कैसे बने?'

देवी सिंह ने एतराज़ नहीं किया, और मैं अपने सवाल और उसके जवाब तरतीब से लिखती गई। वह बातचीत थी—


? : देवी सिंह जी! एक बात मुझे यह बताइये कि आप लोग सब अपने-आपको डाकू क्यों नहीं कहते, बाग़ी क्यों कहते हैं?

दे. : बाईजी! लोगों को चाहिए कि डकैती करने वालों को ही डाकू कहें, पर वह इसे भयानक रूप देने के लिए बाघ से, चीर-फाड़ करके खाने से, बाग़ी कहने लगे थे। शब्द तो डाकू ही होना चाहिए—सरकार का विरोध करने से जो बग़ावत पैदा होती है। यह शब्द वास्तव में हमारे मामले में नहीं आता...

? : देवी सिंह जी! आपने अपने हाथों कितने डाके डाले?

दे. : कम-से-कम सौ डाके तो डाले ही होंगे...

? : इस ज़िन्दगी में आप पड़े किस तरह?

दे. : हमारे पड़ोस में मिश्र ब्राह्मण रहते थे, उनकी मंगनी के लिए लड़की की माँ को पैसा दे दिया गया था। लड़की थी रामकली, मुश्किल से दस बरस की। बाद में लड़की की माँ मुकर गई। हम ब्राह्मण के हक में थे। लड़की को पकड़ कर ज़बर्दस्ती शादी कर दी। इस सिलसिले में हमारे आदमी पकड़े गए। मैं जंगल भाग गया। वहाँ डाकुओं के गिरोह से मेल हो गया। पीछे लौटने के लिए रास्ता नहीं था, इसलिए उनके साथ हिलमिल गया। उनके साथ मिलकर दो-चार डाके डाले, फिर अपना गिरोह अलग बना लिया।

? : आपके गिरोह का क्या नाम था?

दे. : मेरे नाम पर, देवी सिंह गैंग

? : डाके मारना कैसा लगता है, देवी सिंह जी ?

दे. : बड़ा सरल लगता है। वैसे वह ज़िन्दगी बहुत कड़ी है, पर आदत पड़ गई...डाके मारने में खतरा तो होता है। किसी घर जाएँ, लगभग एक घंटा तो लग ही जाता है, गोली-वोली भी लग सकती है, इसलिए पकड़ शुरू कर दी थी...

? : यानी किसी अमीर घर का आदमी पकड़ लिया, फिरौती माँगी और रुपये लेकर वापस कर दिया ?

दे. : जी हाँ, हमारा खर्च आम लोगों से बहुत ज्यादा होता है। शुद्ध घी, अच्छी खुराक, फिर हथियार खरीदना, वह भी कई गुना मूल्य पर...इसलिए बहुत रुपयों की ज़रूरत होती है...

? : एक बात पूछूँ, देवी सिंह जी ! आप लोग हथियार किस तरह और किससे खरीदते हैं ?

दे. : यह जो गाँवों के कट्टे बारह बोर और पचफैरा होते हैं, इनके जिनके पास लाइसेंस होते हैं, उनसे हम वैसे ही खींच लेते थे और पुलिस की मार्क थ्री और गन्ज़, अब क्या बताऊँ...ये चीज़ें खेतों में तो उगती नहीं...सीधी ऊपर से आती हैं, समझ गईं न ?

? : हाँ, समझ गई...इसी तरह कारतूस मिल जाते होंगे...आपके अपने गिरोह में, देवी सिंह जी, कितने आदमी थे ?

दे. : सात आदमी, और आठवाँ भगवान !

? : क्या ?

दे. : डाके का माल जितना भी मिलता है, हमारे डाकू अपने दल में बाँटते हैं जैसे गिरोह में सात आदमी थे, सात हिस्से हो गए। पर आठवाँ हिस्सेदार भगवान था। उसके लिए माल का एक हिस्सा उसके नाम पर किसी ज़रूरतमंद को दान दे देते थे।

? : अजीब बात है, मजबूर भी भगवान के दरवाज़े आए, और ज़ाबिर भी...भगवान यह हिसाब-किताब कैसे करता होगा ?

दे. : यह तो पता नहीं, पर पुण्य का हिस्सा ग़रीबों के नाम पर, धर्म हेतु देना, सब डाकुओं का उसूल था। हम लोग, मुखिया लोग, किसी की बहू-बेटी पर हाथ नहीं डालते थे। न हम रास्ता चलते यात्री को लूटते थे। वह काम गुण्डों का है हममें से कोई यह काम करे, तो हम उसे सज़ा देते थे, पंचायत से उसका निपटारा न होता हो, तो पंचायत वाले हमें बुलाते थे। हम पंचायत में बैठकर फ़ैसला देते थे। कोई अमीर आदमी किसी गरीब को तंग करता हो, कोई मर्द अपनी औरत को मारता-कूटता हो, हम पीड़ितों के हक में फ़ैसला देते थे और किसी की मजाल नहीं होती थी कि हमारे फ़ैसले को रद्द कर दे...

? : मानसिंह जी से आपकी मुलाकात हुई?

दे : हाँ, दो बार, पुतली से भी। जंगल में मिलकर खाना-वाना बनता रहा। सरू, मोहरसिंह, लाखनसिंह, सुलतानसिंह, सब मिलते थे...

? : पुतली ने सुलतान की खातिर यह रास्ता अपनाया था?

दे : हाँ, सुलतान की खातिर। लेकिन एक और डाकू बाबूसिंह था। उसने पुतली को हासिल करने के लिए सुलतान को मार दिया। पुतली उस समय तक औरत के भेष में रहती थी, लेकिन सुलतान का बदला लेने के लिए उसने मर्दाना भेष धारण किया और बाबूसिंह को मार दिया...

? : वो, मुहब्बत भी किसी रूप में कहीं थी...

दे : ज़रूर थी...

? : पर एक बात है, देवी सिंह जी! इस तरह आप देश के जो आदमी वास्तव में गलत थे, उनसे तो नहीं निपटे...गाँवों में जो मुकाबले में खाते-पीते लोग थे, उन्हें ही आपने लूटा-मारा...इससे तो कुछ नहीं बदलता...रिश्वत का रूप और भी बढ़ गया...फैल गया...जहाँ से आपने हथियार खरीदे, जहाँ-जहाँ आपने अपनी हिफ़ाज़त खरीदी...अच्छा, यह बताइये, अब जिन डाकुओं ने आत्मसमर्पण किया है, क्या वे दिल से सचमुच बदल गए हैं? उनका दृष्टिकोण बदल गया है?

दे : हाँ जी, मैं सोचता हूँ, हमें परेशानी बहुत थी। हमें सरकारी विश्वास दिया गया कि हमें न फाँसी होगी, न मार-पीट...डाकू की ज़िन्दगी का कोई ठिकाना नहीं होता...घर के बीवी-बच्चे याद आते हैं...मजबूरियों का भी अन्त नहीं होता... टिककर रहने को जी करता है...हम भागे थे, तो एक कानून के डर से...कभी-कभी इतना दौड़ना पड़ता...आटा-घी छना हुआ रह जाता...दो-दो दिन भूखे-प्यासे रहना पड़ता...चैन की ज़िन्दगी, बाईजी! किसे अच्छी नहीं लगती...हमें भी चैन चाहिए...

? : ठीक है, देवी सिंह जी! पर यह तो आप मानते हैं कि आपका रास्ता ताकत से नहीं, कमज़ोरी से पैदा हुआ। जिस काम के लिए अंधेरे का सहारा लेना पड़े, वह खुद अपने-आप में कमज़ोरी होता है—उजाले की ताकत उसमें नहीं होती...

दे : हाँ जी, यह तो ठीक है...


दो-चार रोज़ गुज़रे होंगे कि एक दिन देवी सिंह ने आकर कहा—''क्यों बहनजी! आप लोग जंगल की शिकारगाह देखना चाहेंगे? जहाँ कभी राजा लोग शेर का शिकार करते थे?''—मुझे सचमुच देखने का इश्तियाक हुआ। और दूसरी सुबह अभी अंधेरा-सा था जब मैं, इमरोज़, और बासु भट्टाचार्य, तीनों गाड़ी में बैठकर देवी सिंह के साथ जंगल में चले गए...

शिकारगाह देखी, पूरी सीढ़ियाँ चढ़कर, शिखर पर जाकर और फिर मैं देवी सिंह से कुछ जंगली फूलों के नाम पूछती रही...दुपहर होने लगी थी, जब हम लोग

लौटे। किले में पहुँचे तो देखा, फ़िल्म की शूटिंग के दौरान जो शेवड़ा की पुलिस हमें मिली हुई थी, वे लोग बहुत घबराए हुए थे। उनका सोचना था कि आज देवी सिंह हम लोगों को वापस नहीं लाएगा, कहीं गायब कर देगा और बहुत बड़ी फिरौती माँगेगा... हमें सही-सलामत देखकर पुलिस को यकीन नहीं हो रहा था, कि यह कैसे हुआ। उस वक्त उनके पास खड़े नारायण सिंह यादव ने बताया कि मैं पुलिस को यकीन दिला रहा था कि वे लोग सही-सलामत लौट आएँगे क्योंकि मैंने कल देवी सिंह को आपसे बातें करते हुए सुना था, वह आपको बहन कह कर मुख़ातिब होता था। और मैं जानता हूँ कि देवी सिंह ने जिस औरत को एक बार बहन कह दिया, फिर उसका बाल बांका नहीं हो सकता...

यह घटना थी, जिससे मुझे और यकीन बँधा कि इन्सान कितना भी बड़ा मुजरिम हो, उसके भीतर कहीं उसकी अच्छाई बनी रहती है। शायद सोई रहती है, और उसे जगाना होता है...

# कारागार गोष्ठी

सहारनपुर जेल की बात है, कुछ कैदी थे, वक्त काटे नहीं कट रहा था, तय हुआ कि बारी-बारी से हर कैदी अपनी ज़िन्दगी के हालात सुनाया करे। उनमें एक चन्द्रनाथ थे, जो एक सितम्बर 1940 के दिन भारत रक्षा कानून की धारा 38 के मुताबिक गिरफ़्तार हुए थे। इस सिलसिले में जब उनकी बारी आई, अपनी ज़िन्दगी के हालात सुनाने की, तो वे गहरा साँस लेकर खामोश हो गए। फिर इतना कहा—''मैं बहुत बदनसीब हूँ, मेरे लिए ज़िन्दगी एक दोज़ख है, आप लोग मुझे मजबूर न करें कुछ बताने के लिए।''

लेकिन साथियों का तकाज़ा था, जो बढ़ता गया, और चन्द्रनाथ जो सुनाते रहे, वही बाद में एक पुस्तक के रूप में प्रकाशित हुआ—जिसे वे *कारागार गोष्ठी* कहते हैं।

एक बहुत छोटी-सी बात थी, बहुत छोटी, जिसने चन्द्रनाथ की ज़िन्दगी को इस तरह पलट दिया कि ज़िन्दगी हाथ से निकल गई और वे एक पेड़ से झड़े हुए पत्ते की तरह कभी कहीं पटक दिए जाते, कभी कहीं...

रोहतक के एक गाँव में चौधरी रणजीत सिंह के यहाँ उनका जन्म हुआ था, और जब 14 साल के थे, विवाह कर दिया गया। एक बार गाँव में प्लेग हुई, बड़े भाई की पत्नी भी मर गई, बच्चे भी, चन्द्रनाथ भी मौत के बिस्तर पर थे। उम्मीद नहीं थी बचने की, जब सुना कि उनका बड़ा भाई किसी से कह रहा था—चन्द्रनाथ तो मर जाएगा, फिर उसकी पत्नी को मैं ले लूँगा...

बस, इतनी-सी बात थी, चन्द्रनाथ स्वस्थ हुए, तो मन टूट गया। घर छोड़ दिया। अपनी पत्नी अपने भाई को दे दी, और बोहर के मठ में जाकर दीक्षा ले ली, योगी बन गए। छोटी उम्र थी 16 साल की, एक ग्लानि में बह गए, तो बहते चले गए।

चन्द्रनाथ योगी ने किसी ईश्वर को पाने के लिए तो योग लिया नहीं था, इसलिए मन भटकता रहा। रोती और बिलखती हुई पत्नी याद आती रही। और जब सुना कि उनकी पत्नी के यहाँ बेटा हुआ है, उनके भाई का, तो तड़प उठे। एक बार बच्चे को देखा भी, सीने से लगाया, तो पत्नी भी रोने लगी, और वे भी रो उठे कि अगर आज कोई ईश्वर मुझसे पूछे कि तुम क्या होना चाहोगे—तो मैं कहूँ, ''मैं बोहर मठ का महन्त होना नहीं चाहता, मैं इस बच्चे का बाप होना चाहता हूँ।''

महन्त चन्द्रनाथ योगी बड़ी ईमानदारी से यह सब लिख पाए हैं, लेकिन दुनिया में जाने कितने लोग होंगे, जो खामोश रह जाते हैं। तड़पते रह जाते हैं। जानते हैं कि ज़िन्दगी में क्रोध आता है, नफ़रत आती है, बदले का अहसास भी आता है, लेकिन एक घड़ी को सँभाल जाते, तो ज़िन्दगी कुछ और होती...

# 1980 में

अख़बार में ख़बर थी—पत्नी के क़त्ल की, जिस पर पति को शुबह था कि वह किसी और से प्रेम करती है, कोई उसका मित्र था, विवाह से पहले का, और पति ने उसका क़त्ल कर दिया। अब वह हिरासत में था, पंजाबी बाग के थाने में। ख़बर में इतना भर ब्यौरा था और था कि पति पढ़ा-लिखा है...

मेरे मन में आया—पढ़ा-लिखा है तो उससे बात हो सकती है, और पता चला कि वह इलाका किरन बेदी के अख़्तियार में है। इसलिए किरन बेदी को मैंने फ़ोन किया कि उस हिरासत में लिए हुए व्यक्ति से मैं मिलना चाहती हूँ...

यह बात 1980 की है। किरन बेदी ने यह मुलाकात करवा दी, और उस समय मैंने जो लिखा, वह बातचीत कुछ इस तरह की थी। मैंने कहा—''आप पढ़े-लिखे हैं, अगर विवाह गलत हो गया था, तो आप पत्नी को छोड़ सकते थे, उसका क़त्ल कर दिया, और खुद थाने में हथकड़ी पहने बैठे हो, यह क्या कर दिया? वह कहने लगा—''मैं कुछ नहीं बोलूँगा, मुझे अभी फाँसी दे दो, पर अखबारों में मेरी कहानी लिख कर, मेरे खानदान की इज़्ज़त मत बर्बाद करो!''

मन में आया, कहूँ—क्या खून से सने हुए अपने हाथ देख कर, अपनी नज़र में अपनी इज़्ज़त रहेगी? लेकिन कहा नहीं। सिर्फ़ इतना कहा—इकरार करती हूँ, आपका नाम नहीं लिखूँगी। वह कहने लगा—''आप मेरी माँ के बराबर हैं, पर मैं सारी औरत जात से नफ़रत करता हूँ।''

मैंने कहा—''अगर आपको एक औरत से नफ़रत हो आई थी, तो आप अपनी ज़िन्दगी अलग कर सकते थे। मैं सिर्फ़ इतना-सा जानना चाहती हूँ कि एक जवान, पढ़ा-लिखा, काम-काज पर लगा हुआ आदमी, अपने आपको कातिल की तकदीर क्यों देता है ?

वह उदास भी था, और गुस्से में भी, कहने लगा—''वह किसी और को क्यों चाहती थी ? एक बार माफ़ भी कर दिया था, खानदान की इज़्ज़त की खातिर...''

मैं हँस दी, कहा—''आपने इज़्ज़त की खातिर माफ़ कर दिया, मुहब्बत की खातिर नहीं...''

वह कहने लगा—''वह झूठ बोलती थी, मुझसे कहती थी, कि अब उससे नहीं मिलूँगी, लेकिन वह उस आदमी से मिलती रही...''

मैंने कहा—''लेकिन इस झूठ की ज़िम्मेदारी उस पर थी, आप पर नहीं...''

उसका बार-बार एक ही तकाज़ा था—''मैं उसे ब्याह कर लाया था,'' इसलिए मैंने कहा—''विवाह तो मन के मिलन का नाम होता है। अगर उसके मन पर अधिकार नहीं मिला, तो फिर तन पर आपका क्या अधिकार था ?''

अब उसके बार-बार कहे जाने वाले लफ़्ज़ थे—''यह मेरी मर्दानगी का सवाल था...''

''मर्दानगी किसे कहते हैं...'' मैंने कहने की कोशिश की—कि ''मर्दानगी किसी व्यक्ति को वस्तु बनाने में नहीं होती...''

अब उसका कहना था—''इज़्ज़त वह होती है जो समाज देता है।''

मैंने कहा—''इस वक्त कमरे में चार आदमी हैं, आप हैं, मैं हूँ, पुलिस इंस्पेक्टर और सब-इंस्पेक्टर है। यह भी समाज है लेकिन सबकी राय अलग-अलग है। एक की नज़र में जो इज़्ज़त है, दूसरे की नज़र में वह कुछ भी नहीं है। और जो बात किसी दूसरे की राय पर निर्भर होगी, क्या वह इज़्ज़त होगी ?''

वह कुछ देर खामोश रहा, फिर कहने लगा, ''मेरे दिल में आग लगी हुई थी, यही समझ में आता था कि अगर यह मर जाए तो मेरे दिल की आग बुझ जाएगी...''

उसके नाम का पहला अक्षर इस्तेमाल करते हुए मैंने कहा—''यह! बताइये कि अगर इस कत्ल की खबर पुलिस को न मिलती, आप पर कोई कानून लागू न होता, बीवी की लाश को जला देने के बाद, कत्ल का कोई सबूत न रहता, तो क्या आपका दिल आपके सामने कत्ल की गवाही न देता ? क्या अंत:करण की गवाही मिटाई जा सकती है ? क्या आपकी उम्र के कैलेण्डर में से वह 21 मई का पृष्ठ फाड़ा जा सकता था ?''

अब वह इतना गुस्से में नहीं था, जितना उदास था। कहने लगा—''मन यह भी कहता था, मैंने अच्छा नहीं किया, और यह भी कहता था कि मुझे यही करना

चाहिए था...''

मैंने आहिस्ता से कहा—''अगर इस कशमकश में सारी ज़िन्दगी गुज़रती, तो क्या आप नहीं सोचते कि आपकी सारी ज़िन्दगी उस एक कर्म के हाथ गिरवी पड़ गई?''

उसने फिर कहा—''लगता है, पड़ जाती! पर यह खानदान की इज़्ज़त का सवाल था—दफ़ा 302 लगी है कि इस आदमी ने अपनी बीवी का कत्ल कर दिया। लेकिन मेरे नाम पर यह दाग नहीं लगा कि मैंने मर्दानगी का सबूत नहीं दिया...''

मैंने कहा, ''जे! दुनिया में जाने कितने लोग कत्ल होने से बच सकते थे, और कातिल होने से भी, अगर लोगों को इज़्ज़त और मर्दानगी के अर्थ पता होते...हिंसक रुचि को मर्दानगी कहने वाले मर्दानगी नहीं जानते...''

उसने एक गहरी नज़र से देखा, कहा—''आपका मतलब है मैं उसे छोड़ देता, मारता नहीं। उस तरह तो मैं अपनी ज़िन्दगी बचाने के लिए स्वार्थी हो जाता।''

मैंने एक गहरा साँस लिया, कहा—''नहीं जे! स्वार्थी नहीं होते, आप नि:स्वार्थ हो जाते! यह स्वार्थी लफ़्ज़ भी आपने इज़्ज़त और मर्दानगी की तरह उल्टा समझ लिया है...''

वह देर तक खामोश रहा, दीवारों की ओर देखता रहा। फिर आहिस्ता से कहने लगा—''पता नहीं...''

वह जरायमपेशा नहीं था, अहसासमंद था, पत्नी से प्यार करता था, उसे छोड़ नहीं पा रहा था, लेकिन कोई भी घर, समाज और तालीम उसे यह नज़रिया नहीं दे पाए थे कि व्यक्ति को वस्तु नहीं बनाना होता।

यह 1980 की बात है, तब किसी बंदी से, इस तरह पास बैठ कर, इस गहराई से बात पर पाना, आसान नहीं था। यह एक वाकया किरन बेदी की मदद से हुआ, और अब इतने बरसों बाद किरन बेदी के कारण संभव हो पाया कि रजनीश आश्रम से बाहर हुए कुछ लोग, कैदियों को अपने अंतर में पड़ी हुई क्रोध, नफ़रत, बदलाखोरी और हिंसा की सलाखों से मुक्त होने की बात कह पाए हैं।

बाहर की दीवारों से तो सबने किसी-न-किसी दिन मुक्त होना होता है, लेकिन यह भीतर की दीवारें हैं जिनसे मुक्त होने की राह पर किसी को ले जाना, सही अर्थों में समाज का कायाकल्प कर सकता है।

# जेल की दीवारों के बाहर

तिहाड़ जेल में मैं उन औरतों से भी मिली थी, जिनकी उम्र के कई-कई बरस जेल की दीवारों से लिपटे हुए थे। कुछ जवान लड़कियाँ समलैंगिकता के इलज़ाम में वहाँ थीं, लेकिन कुछ औरतें वे थीं जिन पर अपने ख़ाविंद के कत्ल का इलज़ाम था। किसी सच्चाई तक पहुँचना आसान नहीं होता, लेकिन यह ज़ाहिर था कि कत्लोख़ून की हद तक पहुँचने के लिए औरत के भीतर भी वही तत्त्व पलते हैं, जो मर्द के भीतर। इनसानी साइकी के उलझे हुए तार हाथ में नहीं आते। बहुत साल हुए मैंने एक औरत किरदार को देखा था, पास से, जिसकी हर सोच मुज़रिमाना थी। और उसे लेकर एक कहानी लिखी थी 'मोना लीज़ा नंबर दो'। अब जेल की दीवारों के पीछे बैठी हुई औरतों को देखकर वह कहानी मुझे बहुत शिद्दत से याद आई। यहाँ उसे दर्ज कर रही हूँ।

इतना जानती हूँ कि उस कहानी की वह लड़की जेल की दीवारों के बाहर है, और यह भी अनुमान लगाया जा सकता है कि ख़ुदा जाने ऐसे कितने मुजरिम हैं, जो जेल की दीवारों के बाहर हैं।

## मोना लीज़ा नम्बर दो

पिछले कुछ सालों में मैंने जो कुछ देखा, सुना और जाना है, जो उसे कुछ तरतीब से आपके सामने रखूँ तो एक तरफ़ कुछ नज़्में रख सकता हूँ, यानी कि इनसान के कुछ सपने जिनके पंखों में अनेक रंग होते हैं, और दूसरी तरफ़ इन्साइक्लोपीडिया ऑफ़ मर्डर, यानी इनसान के वे कर्म, जिनके पंखों में सिर्फ़ ख़ून का एक ही रंग भरा होता है। और इन दोनों के बीच मोना लीज़ा को रख सकता हूँ—मोना लीज़ा नम्बर दो।

मेरी—उसकी वाक़फ़ियत के पहले दिन ही उसने अपना वह नाम रखा था। कहने लगी, ''वीराजी, कोई नाम बताओ, मैंने अपना नाम रखना है।''

''अभी तक तेरा नाम कोई नहीं? कोई नहीं होगा, जो अभी तक तूने अपना नाम मुझे नहीं बताया।''

''मेरा नाम 'एस' से शुरू होता है, पर मैं चाहती हूँ, मेरा नाम कोई वह हो, जो 'ए' से लेकर 'एम' तक के बीच के अक्षरों में किसी से शुरू हो।''

''तेरे ख़याल के मुताबिक, एम. के बाद जो अक्षर आते हैं, वे कोई अच्छे नहीं होते ?''

''पता नहीं पर मैंने कहीं पढ़ा था कि दुनिया के खास लोगों के नाम ए से लेकर एम तक के अक्षरों वाले होते हैं।''

''यह तूने कहाँ पढ़ा था ?''

''याद नहीं, पर मैंने पढ़ा ज़रूर था।''

मैंने कहा कुछ नहीं, सिर्फ़ गौर से उसकी तरफ़ देखता रहा—उसका छोटा-सा कद, ज़रूरत से ज़्यादा भरा हुआ जिस्म, रंग गोरा था, पर गाल जैसे गोरे रंग से अफरे हुए थे, और इसी अफारे के कारण होंठ कुछ लटके हुए थे। उसकी उम्र अठारह-उन्नीस बरस की होगी, पर उसकी उम्र किसी को कुछ खींचती-सी नहीं लगती थी। वह मेरी तरफ़ नहीं देख रही थी। मैंने देखा, मेरे कमरे में लगी हुई एक तस्वीर को बड़े ध्यान से देख रही थी।

''यह तस्वीर किसकी है ?'' कुछ देर बाद उसने पूछा।

''इतनी मशहूर तस्वीर तूने पहले नहीं देखी ? यह दुनिया की उस औरत की तस्वीर है, जिसकी मुस्कराहट को आज तक कोई नहीं समझ सका।''

''क्या मतलब ?''

''कई कहते हैं कि उसकी मुस्कराहट में उदासी भी शामिल है, और कई कहते हैं, उदासी और निराशा बिलकुल नहीं, उसमें सिर्फ़ जवानी की तपिश मिली हुई है या शायद दुनिया पर कोई व्यंग्य। उसकी मासूम, भेदों से भरी हुई मुस्कराहट पर बहस करते दुनिया को जाने कितने साल हो गए हैं। मुस्कराहट का अर्थ चाहे जो कुछ हो, पर यह ठीक है, उसकी मुस्कराहट ने दुनिया के लाखों लोगों का ध्यान अपनी तरफ़ खींचे रखा था और अब भी खींचा हुआ है।''

''उसका नाम क्या था ?''

''मोना लीज़ा।''

''मोना लीज़ा, एम से। मैंने फ़ैसला कर लिया है, मैं अपना नाम मोना लीज़ा रखूँगी।''

''मोना लीज़ा ?'' मैं ऐसे चौंक पड़ा, जैसे उस लड़की ने मेरे देखते-देखते मेरी दीवार पर लगी हुई मोना लीज़ा की तस्वीर फाड़ दी हो—नहीं, मेरी दीवार पर लगी हुई एक साधारण, छपी हुई तस्वीर नहीं—मोना लीज़ा की असली लिओनारदो दा विंची की पेन्ट की हुई कैनवस फाड़ दी हो।

''क्या जो कुछ अपने पास नहीं है वह खरीदा नहीं जा सकता ?'' वह हँस पड़ी।

''तेरा मतलब है, तू वह मुस्कराहट खरीद सकती है ?''

''हाँ, खरीद सकती हूँ,'' उसने कहा और फिर हँस पड़ी। वह या तो चुप रहती थी या हँसती थी। चुप रहती थी तो उसके मोटे होंठ उसके मुँह पर लगे ताले की तरह लगते थे। हँसती थी तो उसके चौड़े दहाने में से उसकी हँसी चौपट खुले दरवाज़ों में से एकबारगी बह आई लगती। मैं सोच रहा था कि अगर कोई मुस्कराहट को खरीदने वाली बात मान भी ले, तो किसी मुस्कराहट को वह किन होंठों पर रखेगी ? पर मैं उसके साथ कोई दिल दुखाने वाली बात नहीं कर सकता था। वह

मेरी आज ही वाकिफ़ बनी थी, और वह भी बड़ी मेहरबान शक्ल में। वह मेरे पास उस काशनी का संदेश लेकर आई थी, जिसका संदेश तो क्या, नाम सुनने के लिए भी मेरे कान बरसों से तरसे हुए थे। बरस हुए, काशनी के ब्याह की रात उसका खत आया था कि जो मैं उसे भूल सकूँ तो भूल जाऊँ। इसके बाद काशनी ने कभी नहीं पूछा था कि 'जो' वाला लफ़्ज़ बरतते वक्त उसने जिस अपनी याद को भूलने या न भूलने के बीच लटका दिया था, उस याद का क्या बना? और आज यह लड़की मुझे बता रही थी कि वह जिस स्कूल में पढ़ाती है, आज काशनी उस स्कूल में अपनी बच्ची को दाखिल करवाने आई थी और फिर उसको मालूम नहीं, किन छिड़ी बातों में से उसे यह बात पता लग गई थी कि उसकी बच्ची की मास्टरनी भी उसी बस्ती में रहती है, जिस बस्ती में मैं रहता हूँ—उसके कुंवारे दिनों का इश्क।

इस कासिद लड़की ने मुझे पहली बार देखा था। सड़क पर गुज़रते कहीं देखा होगा, पर मेरे साथ बात करके आज उसने पहली बार देखा था। और उसके कहने के मुताबिक आज काशनी को भी उसने पहली बार देखा था, पर यह मानना पड़ेगा कि उसके पास बात करने की अजीब बेबाकी थी। अभी जब उसने मेरे कमरे का दरवाज़ा खटखटाया था, मैं हैरान–सा हुआ उससे पूछने लगा कि तुम कौन हो, तो कमरे में गुज़रते हुए उसने अजीब बेबाकी से कहा था, ''मैंने आपकी साली बनना था, पर बन नहीं सकी, सो अब कुछ भी नहीं...''

एक ही फ़िकरे में उसने काशनी से बहन या सहेली का नाता भी जोड़ लिया था, और मेरे साथ काशनी के ब्याह की सम्भावना का वक्त भी।

''पर तूने मुझे अपना नाम अभी तक नहीं बताया...!'' वह जाने लगी थी, जिस वक्त मैंने उससे पूछा।

''मोना लीज़ा, अभी आपके सामने मैंने अपना नाम रखा है। आप मोना कहके बुलाओ। वैसे भी पहली बार मैं यह नाम आपके मुँह से सुनना चाहती हूँ, क्योंकि आपके घर ही रखा है, आपके कमरे में।''

मुझे उसके नाम में दिलचस्पी नहीं थी, मैं सिर्फ़ उसके मुँह से काशनी की बात एक बार फिर सुनना चाहता था, इसलिए कहा, ''मोना, पर तूने यह जो काशनी का सन्देश दिया है, उसे सन्देश किसी तरह भी नहीं कहा जा सकता।''

''सन्देश सिर्फ़ लफ़्ज़ों में होता है? आँसुओं में नहीं हो सकता? आपका नाम लेते हुए उसकी आँखें जिस तरह नम हो आई थीं, उनका पानी आपको कोई सन्देश नहीं लगता?''

''पर उसने तुझे यह नहीं कहा था कि मेरे पास तू आना और मुझे यह बात बताना।''
''फिर वही बात! सिर्फ़ लफ़्ज़ों में ही कुछ कहा जा सकता है?''

मुझे यह नहीं लग रहा था कि मैं काशनी को फिर उसी शिद्दत से प्यार करने लगूँगा जैसे किया करता था। परेशान ज़रूर हो गया था, और मैंने देखा कि मोना गौर से मेरे मुँह को देख रही थी। उसके होंठों के पास एक छोटा-सा बल भी पड़ गया था—वह शायद हम दोनों की अनकही बातों को समझ लेने की, और फिर एक-दूसरे के पास जाकर कह सकने वाली समझ की, मुस्कराहट थी—और मुझे लगा कि अभी यह मोना लीज़ा मुस्कराहट को खरीदने वाली जो बात कह रही थी, मुझे उसकी बात का भेद पता लग गया था। मैंने अपना सिर झुका लिया।

उस रात मैंने ज़िन्दगी में पहली बार एक नज़्म लिखी। काशनी मुझे इस तरह याद आ रही थी, जैसे कभी नहीं आई थी। और मेरी नामुराद छाती में एक अजीब-सी हूक उठी थी कि कहीं यह मेरी नज़्म मोना लीज़ा काशनी को न पढ़ा दे...तुम्हारा ज़िक्र सुनकर जो किसी की आँखों में आँसू आ जाएँ तो इसका मतलब है कि तुम अभी भी किसी की छाती में जीते हो। पता नहीं इनसान अपने जीते रहने का यह सबूत क्यों माँगता है—जैसे अपने-आप में जीते होना काफ़ी नहीं होता...कल्पना करके देख रहा था कि काशनी ने मेरी यह नज़्म पढ़ी है और यह नज़्म एक जलते कोयले की तरह उसके मन में पड़ गई है और इस कोयले की आग से उसके मन में पड़े हुए बरसों के बुझे हुए कोयले फिर सुलग पड़े हैं... वैसे मोना के स्कूल में जाकर उसे ढूँढना और यह बात कहना भी पागलपन लग रहा था।...

मैं नहीं गया। तीन दिन गुज़र गए। चौथे दिन मोना आई। मैं अभी होटल से रोटी खाकर आया था और अपने कमरे में आकर बिजली के स्टोव पर कॉफ़ी बना रहा था। जैसे कोई बरसों का वाकिफ़ आता है, मोना ने आते ही मेरे हाथों से कॉफ़ी का डिब्बा पकड़ लिया, प्याले गर्म पानी से धोए और कॉफ़ी बनाकर मेज़ पर रख दी।
''वीराजी, आपकी तबीयत ठीक नहीं लगती।'' मोना ने कॉफ़ी का पहला घूँट भरते हुए कहा। मोना ने पहले दिन आते ही मुझे 'वीराजी' कहकर बुलाया था—मुझे ऐसे जज़्बाती लफ़्ज़ों से कभी भी लगाव नहीं हुआ—किसी को माताजी या बहनजी कहना मुझे हमेशा बड़ा अटपटा लगता है...मोना के मुँह से पहले दिन तो नहीं, पर आज यह लफ़्ज़ सुनकर मुझे बुरा नहीं लगा, कुछ अच्छा ही लगा। शायद इसलिए कि इस लफ़्ज़ की सादगी से मेरी और उसकी वाकफ़ियत की राह इतनी आसान हो जाती थी कि मैं उसके साथ काशनी की बातें बिना संकोच के कर

सकता था, और वाक़िफ़ियत की इस आसान राह में किसी भुलावे का कोई अन्धा मोड़ नहीं आ सकता था। मुझे लगा कि मोना ने भी ज़रूर मेरी तरह सोचा होगा। मुझे उसकी यह दूरदर्शिता अच्छी लगी। और मैं कॉफ़ी पीता हुआ उसे अपनी नज़्म सुनाने लगा।

नज़्म सुनाकर मुझे लगा कि नज़्म का दर्द मेरे हिस्से आया था, पर ज़िन्दगी में कोई नज़्म लिखवाने का गरूर मोना के हिस्से में। कहने लगी, ''इस नज़्म के सिले में मुझे क्या दोगे? नज़्म लिखना अगर हुनर है तो लिखवाना भी तो हुनर है।''

''पर यह तूने नहीं लिखवाई मोना, यह काशनी ने लिखवाई है,'' मैंने जवाब दिया। वैसे यह जवाब देकर मुझे लगा कि जवाब चाहे ठीक था, पर फिर भी जो कुछ ज़ाहिर था, वह कहने की क्या ज़रूरत थी?

मोना के मुँह पर कोई उदास परछाईं नहीं आई। चाहे उसके लफ़्ज़ थे, ''यू आर ए क्रुअल परसन, राकेश।'' यह बात उसने वीराजी वाला रिश्ता परे करके कही लगती थी, पर मुझे बुरा नहीं लगा। इनसान की इनसान से वाक़िफ़ियत को हर समय किसी रिश्ते की ज़रूरत नहीं होती। और मुझे तो किसी रिश्ते की वैसे भी ज़रूरत नहीं थी। मोना ने वह नज़्म मुझसे माँग ली, और कॉफ़ी के प्याले मेज़ पर से उठाकर और धोकर चली गई।

दूसरे या तीसरे दिन मोना फिर आई—और फिर जैसे एक सिलसिला-सा बन गया। इन्तज़ार के दौरान मैं कोई नज़्म ज़रूर लिखता, मोना को सुनाता, वह नज़्म माँग लेती और हँसकर काशनी की कोई-न-कोई बात ज़रूर सुनाती। कभी कहती, ''मैंने आज काशनी के बच्चे के हाथ काशनी को सन्देश भेजा था कि बच्चे की पढ़ाई के बारे में मुझे कोई बात कहनी है, इसलिए वह स्कूल आ जाए।'' कभी कहती कि आज काशनी खुद ही स्कूल आई थी, उसे बच्चे को आधी छुट्टी दिलवाकर घर ले जाना था। और फिर वह बताती कि काशनी कैसे मोना से अपने बच्चे की बात करती उसके काले बटुए की तरफ़ देखती रहती थी—तरसकर सोचती रहती थी कि आज उसके लिए कोई और नज़्म भेजी गई थी कि नहीं। एक दिन मोना ने मुझे यह भी बताया कि काशनी मेरे लिए एक खत लिख रही थी। भेजने का हौसला नहीं कर रही थी, पर किसी दिन कर लेगी।

जिस मकान में मैं एक कमरा किराये पर लेकर रहता था, मकान के मालिक उसी मकान के निचले हिस्से में रहते थे। रोज़ दूसरे दिन मोना का मेरे कमरे में आना अब तक मकान-मालकिन को ज़रूर अखरने लगा होगा—मैं कई बार सोचता था और मोना को कहना चाहता था, पर कहता नहीं था कि मोना को अगर यहाँ आने से मना कर दूँ तो उसके स्कूल जाकर या किसी गली के मोड़ पर खड़ा होकर उससे

काशनी की खबर पूछना या बताना मुझे इससे भी मुश्किल हालत में डाल देगा। और मुझे लगा—कौन से दुःख की दवा मोना के पास नहीं थी, क्योंकि अगले दिनों में ही मैंने देखा कि मोना के लिए मेरी तरह ही मकान-मालकिन की लड़की इन्तज़ार कर रही होती थी—खुद मकान-मालकिन इन्तज़ार कर रही होती थी।

लड़की का शायद जल्दी ब्याह होने वाला था। मोना उसके साथ बैठकर कितनी-कितनी देर तक उसके कपड़ों को गोटा-किनारी लगाती रहती थी, रसोई में उसके पास बैठकर सब्ज़ियाँ बनाती रहती थी, और एक दिन मैंने यहाँ तक देखा कि ब्याह वाली लड़की बीमार थी, माँ के हाथ में सब्ज़ी काटते समय चाकू लग गया था और शायद जूठे बर्तनों को माँजने की ज़्यादा ज़रूरत पड़ गई थी कि मोना उनकी रसोई में बैठकर उनके बर्तन माँजने लग गई थी—''ऐसी लड़कियाँ आजकल कहीं नहीं होतीं, किसी खुशनसीब माँ ने जनी होगी,'' मकान-मालकिन मुझे ज़ीने पर चढ़ते हुए और मेरे पास आकर खास तौर पर कह रही थी, और मोना ने भी अन्दर से आवाज़ देकर कहा था, ''मैं अभी आई वीराजी''—जैसे ज़ोर से मुझे वीरा कहकर और मकान-मालकिन को सुनाकर उसने आए दिन मेरे कमरे में आने और बैठने का रास्ता निकाल लिया था। चाहे वह मेरे कमरे में आकर भी मुझे वीराजी ही कहती थी, पर कई बार ऐसे लफ़्ज़ों को ऊँचे से और दूसरों के सामने कहना शायद ज़रूरी हो जाता है—मुझे मोना की यह सूझ अच्छी लगी।

राह जाते हुओं का काम संवारने की मोना को एक लगन थी। एक अजीब-सा दर्द मोना के दिल में बड़ी उम्र में समा गया लगता था—एक रात अपने दर्द का भेद अपने मुँह से उसने बताया। रात काफ़ी हो गई थी, मेरे कमरे का दरवाज़ा खटका। मोना आई, पर उसके मुँह का रंग किसी निचुड़े हुए कपड़े की तरह था। उसके हाथ ठण्डे थे और काँप रहे थे। मेरी बाँह थामकर उसने दरवाज़ा बन्द कर दिया और काँपती-काँपती दीवान पर बैठ गई।

''वीराजी...'' काँपते होंठों से उसने यह मुश्किल से कहा और निढाल होकर औंधी-सी हो गई। मैंने उसको दो कम्बल ओढ़ाए और कितनी देर तक उसकी बाँहों को दबाता रहा। वह होश में नहीं लग रही थी। मैंने चाय का प्याला बनाया, उसे कन्धे का सहारा देकर बैठाया, चाय पिलाई, और कुछ घबराता-सा उसे कहने लगा कि वह हिम्मत करे, सँभलकर मुझे बात सुनाए और फिर मैं उसे उसके साथ जाकर घर छोड़ आऊँगा।

''मैं बड़ी बदनसीब हूँ,'' उसने रोकर कहा और बाद में आधे टूटते फिकरों में उसने जो कुछ मुझे सुनाया, वह सचमुच भयानक था—वह बच्ची-सी होती थी, मुश्किल से बारह वर्षों की, जब उसके सगे बाप ने उसे 'रेप' किया था। उसका बाप अब मर गया था। पर आज उसकी माँ घर नहीं थी, वह अकेली थी और उसका सगा चाचा परदेस से आया था। उसने चाचा को रोटी खिलाई थी, फिर सोने के लिए

अपने कमरे में चली गई थी कि उसका चाचा उसके कमरे में आकर ज़बरदस्ती...

अब मैं उसे घर जाने के लिए नहीं कह सकता था। ज्यादा-से-ज्यादा यह कह सकता था कि वह नीचे जाकर अपनी सहेली मकान-मालकिन की बेटी के पास जाकर सो जाए। वह नहीं मानी। वह मन की जिस हालत में थी, ऐसी हालत में किसी के पास नहीं जाया जा सकता था। मैंने उसे अपने बिस्तर पर सोए रहने दिया और आप एक कोट और ऊपर से ओवरकोट ओढ़कर ज़मीन पर सो गया। कमरे में एक ही दीवान था जिससे मैं दिन में बैठने का और रात को सोने का काम लेता था, और जहाँ अब वह सो रही थी।

मुझे नींद नहीं आ रही थी—पता नहीं मोना की बदनसीबी को सोचकर या आज की अजीब हालत में अपने-आपको सोचकर कि मोना चीखकर उठ बैठी। मैं मोना के मन की हालत समझ सकता था, उसकी आँखों के आगे बार-बार अपने चाचा की सूरत आ रही थी—चालीस-पैंतालीस की उम्र का छह फुट लम्बा आदमी, गले से कपड़े उतारे आँखों में लाल डोरे पड़े हुए और मुँह से आती व्हिस्की की बू में झूमता और मोना के गले से खींचकर कपड़े उतारता...

चाचा की सूरत को रो-रोकर आँखों के आगे से हटाते हुए मोना के मन में एक नहीं, दो भयंकर घटनाओं के सिरे जुड़े हुए लगते थे। मोना ने मुझे बताया था कि उसके चाचा की शक्ल बिलकुल अपने मरे हुए भाई की तरह है, मोना के बाप जैसी।

उस रात मोना मेरी बाँह से लगी बार-बार डरती और चौंकती रही थी। कई बार उसकी छाती का उभार मेरे पहलू में चुभता-सा लगता था। कह नहीं सकता था कि उसके जिस्म की इस नज़दीकी के साथ आज की घटना की पृष्ठभूमि न होती तो मेरा जिस्म इतना अडोल रह सकता था कि नहीं, पर उस दिन वह बिलकुल अडोल रहा था। मुझे वह ज़ख्मी परिन्दे की तरह लग रही थी, जिसकी पीठ को या बाँहों को हाथ लगाते हुए मुझे सिर्फ़ यह लग रहा था कि मैं कुछ डरे हुए पंखों को सहला रहा होऊँ।

उस रात के बाद मैंने मनोविज्ञान की नई किताबें लाकर पढ़ीं और मोना को भी पढ़ाईं। मेरी यह बड़ी तमन्ना थी कि मोना जैसी अच्छी लड़की के मन पर से अगर उसके ज़ख्मों के खुरंड उतर सकते हों, तो उतर जाएँ। उसका कुँवारा मन फिर से हरिया जाए। एक दिन एक अमरीकी अखबार में से उसने अमरीकन पुलिस का एक इश्तिहार पढ़ा, जिसमें दस कातिलों की तस्वीरें और उनकी ज़िन्दगी के कई ब्यौरे देकर इश्तिहार दिया हुआ था कि इन जेलों से भागे हुए दस हत्यारों की पुलिस को बड़ी ज़रूरत है। इश्तिहार किसी रंगीन-मिज़ाज जर्नलिस्ट का लिखा हुआ लगता था। इबारत बड़ी चुस्त थी। मोना मुझे एक-एक की तस्वीर दिखा रही थी और पढ़ रही थी, ''सुनो वीराजी, यह एडवर्ड मैक्स के बारे में क्या लिखा हुआ है, इसकी तस्वीर

देखी है, दिखने को पेरिस का आर्टिस्ट लगता है, लिखा हुआ है, इसने सबसे पहले अपनी बीवी का क़त्ल किया था, फिर और कई औरतों को, पर यह सिर्फ़ उन औरतों का क़त्ल करता है, जिनकी उम्र चालीस से ज़्यादा हो। और लिखा हुआ है कि लड़कियों, अपनी आँटियों से कह देना, आजकल अकेली रात को बाहर न जाया करें...'' मोना हँस रही थी और कह रही थी, ''इस जेम्स एडवर्ड कैनेडी को देखो, पुलिस ने इसे ढूँढ़ने के लिए एक निशानी बताई हुई है कि इसके बायें हाथ पर एक लफ़्ज़ गुदा हुआ है—पता है क्या लफ़्ज़—'लव'।'' मोना हँसे जा रही थी, इश्तिहार पढ़ रही थी और फिर मुझे याद है, किसी क़ातिल का ब्यौरा पढ़ते हुए उसने पढ़ा कि उस क़ातिल ने छह क़त्ल किए थे और मुझे याद है, मैं चौंककर रह गया था, जब आगे मोना ने अपनी तरफ़ से कहा था कि उसे छह क़त्ल नहीं करने चाहिए थे, सात करने चाहिए थे, क्योंकि सात नम्बर 'लकी' होता है।

पर मुझे यह सोचकर कुछ तसल्ली मिल रही थी कि अब मोना कई बार अपने चाचा का ज़िक्र करती उस तरह नहीं घबराती थी, जिस तरह उस रात घबराई थी। एक दिन उसने एक किताब में एक केस पढ़ा था कि एक बड़ा खूबसूरत लड़का पहले अपनी एक बहन के साथ सम्बन्ध जोड़ता था, और फिर उसे और उसके बच्चे को मारकर, फिर दूसरी बहन से सम्बन्ध जोड़ लेता था। उसकी तीन बहनें थीं। ये तीनों बहनें उसने बारी-बारी से मार दी थीं। यह केस पढ़कर मोना ने खुदा का शुक्र किया था कि वह अभी तक जीवित है, उसे न उसके बाप ने क़त्ल किया और न उसके चाचा ने...मोना की बातों से मैं देख रहा था कि दिन-ब-दिन उसके मन के ज़ख़्म भरते जा रहे थे।

और फिर...फिर बात उलट गई। एक दिन सुबह-सुबह, सुबह भी अभी नहीं हुई थी, कि मेरे कमरे का दरवाज़ा खटका। मकान-मालकिन की लड़की दरवाज़े के बाहर खड़ी थी। मुझे पिछले दो महीनों से पता था कि वह बीमार है, पर मुझे यह पता नहीं था कि वह इतनी बीमार है। उसके ब्याह के पाँच दिन रह गए थे और उसकी प्याज़ के छिलके की तरह शक्ल देखकर हैरान हो गया था कि पाँच दिनों में यह लड़की डोली में कैसे बैठेगी। वह पहले कभी मेरे कमरे में नहीं आई थी, और बड़ी झिझकी-सी खड़ी थी...

''क्यों रक्षा... ?'' लफ़्ज़ मेरे मुँह में था। रक्षा ने हिम्मत से कहा, ''मोना दो दिनों से नहीं आई। मैं कभी उसके घर नहीं गई। इन दिनों जा भी नहीं सकती, आप जैसे भी बने, उसे बुला दें।''

''उसके घर मैं कभी नहीं गया। शायद तीसरे ब्लॉक में वह रहती है। पर मेरा ख़याल है, वह यहाँ नहीं है, एक हफ़्ते की छुट्टी लेकर अपनी किसी मौसी के पास गई है...''

''एक...हफ़्ते...के...लिए...'' रक्षा घबराकर वहीं दहलीज़ पर बैठ गई।

''तुझे बहुत ज़रूरी काम था?'' मैंने कहा, पर मुझे कुछ समझ में नहीं आया था। रक्षा ने फैली आँखों से मेरी तरफ़ देखा, मेरी तरफ़ नहीं, एक शून्य में। रक्षा के जिस्म से खून बहता हुआ नहीं दिख रहा था, पर ऐसा लग रहा था कि जैसे सारा खून बहकर कहीं चला गया था और पीछे खून से रीता उसका जिस्म रह गया था।

''मैं...मर...जाऊँगी...'' रक्षा ने तड़पकर कहा।

''पाँच दिनों में तेरा ब्याह है, रक्षा!''

''उस...दिन...मेरी...अर्थी...इस घर से निकलेगी...''

रक्षा की बात सुनकर मैंने जो अनुमान लगाया, मेरा ख़याल है, वही अनुमान लगाया जा सकता था, कि जहाँ रक्षा का ब्याह हो रहा था, वह वहाँ ब्याह करवाना नहीं चाहती थी। गम में घुलती पिछले महीनों से खाट पर पड़ी हुई थी। पर मुझे यह पता नहीं लग रहा था कि मोना को इस बात में उसकी क्या मदद करनी थी—शायद किसी तरह उसको समझा-बुझाकर लाना था, जिससे रक्षा प्यार करती थी और चाहती थी कि वह ब्याह से रक्षा को बचा ले।

''मैं समझ सकता हूँ, रक्षा, कि यह ब्याह तेरी मर्ज़ी से नहीं हो रहा...'' मैं यही कह सकता था, कहा।

''नहीं राकेश साहब, यह बात नहीं। ब्याह मेरी मर्ज़ी से हो रहा है।'' रक्षा बिलख-सी पड़ी।

''फिर?''

''मोना के आगे मैंने मन का दु:ख खोला था, पर वह मुझ डूबती को छोड़कर पता नहीं कहाँ चली गई है, उसे अच्छा-खासा पता था...''

''मुझे पता नहीं रक्षा...पर जो तू मुनासिब समझे...''

''अनजानी उम्र में कई गलतियाँ हो जाती हैं वीराजी! मोना आपको वीराजी कहती हैं, मैं भी कह लूँ...? आपको सगे भाई से बढ़कर समझूँगी...अगर...'' घबराई हुई रक्षा ने मेरे पैरों की तरफ़ हाथ बढ़ाया। मैंने उसका हाथ रोक लिया। उसने एक बार सीढ़ियों की तरफ़ देखा, जैसे देख रही हो कि उसकी बात किसी और के कान में तो नहीं पड़ी, फिर निराश होकर और पछताकर कहने लगी—''सामने, पास के घर में एक लड़का देवीकुमार रहता है, अब एम.ए. में पढ़ता है, मुझे वह अच्छा लगता था। ढाई-तीन बरसों की बात है, मैं तब अनजान थी, उसे कुछ चिट्ठियाँ लिख बैठी। उसने भी लिखी थीं। बात कोई बड़ी नहीं थी। उसके बाप की यहाँ से बदली हो गई, तो वह होस्टल में चला गया, बात खत्म हो गई। अब उसके बाप की फिर यहाँ बदली हो गई है, वह फिर घर आ गया है। वह कहता है कि वह मेरी चिट्ठियाँ ब्याह वाले दिन 'मेरे उस' को दिखाएगा...इससे तो मैं मर जाऊँ...अच्छा है...''

मैंने देवीकुमार को देखा था, थोड़ा-सा जानता भी था, पर दिखते हुए चेहरों के पीछे अनदेखे चेहरे भी होते हैं। मैंने रक्षा को हौसला दिया कि मैं देवीकुमार को मिलूँगा और उसे समझाऊँगा। पर रक्षा ने जो बात आगे बताई, मुझे लगा कि मैं इस देवीकुमार को कुछ न समझा पाऊँगा। रक्षा ने बताया कि उसने चिट्ठियों के बदले उससे दो हज़ार रुपये माँगे थे। वह रुपया नहीं दे सकती थी, इसलिए उसने माँ के सन्दूक में से एक बड़ा मोटा सोने का गोखरू चुराकर मोना के हाथ उसे भेज दिया था। जवाब में मोना को वे चिट्ठियाँ लाकर रक्षा को देनी थीं, पर चिट्ठियाँ उसे अभी तक नहीं मिली थीं और ब्याह में पाँच दिन रह गए थे।

"रक्षा, तू मुझे देवीकुमार का खत दिखा सकती है जिसमें तुझे डरावा दिया है कि वह..."

"वीराजी! ऐसा डरावा कोई लिखकर नहीं देता। उसने ज़बानी दिया था कि वह..."

"तुझे कब मिला था?"

"मुझे नहीं मिला, उसने मोना के हाथ कह भेजा था।"

पता नहीं कितने ख़याल मुझे आए और गए, पर रक्षा को बचाना था, किसी भी तरह बचाना था। मैंने एक प्याला कॉफ़ी का पिया और दफ़्तर जाने से पहले देवीकुमार के घर जाकर उसे बुलाकर नहर वाली सड़क पर ले गया। यह भी सोच रहा था कि मैं शायद बात को सीधी करने की जगह उल्टी न कर दूँ। जो किसी लड़की से दो हज़ार रुपये माँग सकता था, वह मुझे भी किसी उलझन में डाल सकता था।

अजीब हालत थी। मैं देवीकुमार पर शक करना चाह रहा था, पर शक करने वाली कोई जगह नहीं मिल रही थी। वैसे बड़ी समझदारी से भरे लफ़्ज़ों में मैंने बात शुरू की—इनसानी मन की सच्चाई का वास्ता देकर। और किसी बचकाने, सख्त, और मेरे ऊपर ही कोई इल्ज़ाम लगाते जवाब को सुनने की उम्मीद में मैं उसके मुँह की ओर देख रहा था कि उसने अपने होंठों को कितनी देर तक अपने दाँतों से चबाकर और फिर आँसुओं को रोककर मुझसे कहा था—"मुझे कोई इतना बुरा भी समझ सकता है, मैं कभी सोच नहीं सकता था।"

इनसानी मन किसी भी रौ में बह सकता है, मैंने ये भी सोचा था कि शायद देवीकुमार मेरे आगे बात को टालने के लिए यह कह रहा था, और फिर बात को टल गई समझकर जब रक्षा को निश्चिन्त हो जाना था तो इसने आज से पाँचवें दिन...पर इस रौ में भी मुझसे बहुत देर तक नहीं रहा गया। देवीकुमार के कहने के मुताबिक उसे चिट्ठियों वाली बात का ख़याल तक नहीं था। वे चिट्ठियाँ उसने तभी

होस्टल से जाते हुए फाड़ दी थीं। और मोना नाम की लड़की को वह न कभी मिला था, न कभी उसने कोई डरावा दिया था, न कोई सोने का गहना लेकर उसके पास आया था। और देवीकुमार ने मुझे यकीन दिलाने के लिए यहाँ तक कहा कि अगर मैं चाहूँ तो उसे एक हफ़्ते के लिए अपने किसी दोस्त के घर कैदी की तरह रख लूँ और ब्याह वाला दिन किसी भी खतरे के बिना गुज़र जाए...

कुछ नहीं हो सकता था। सिर्फ़ यह हो सकता था कि देवीकुमार पर यकीन कर लूँ और या यह हो सकता था को मोना को कहीं ढूँढ़कर देवीकुमार के सामने लाऊँ और बात को उसकी तह तक देख सकूँ। मोना का घर ढूँढ़कर मैं उसके घर गया। देवीकुमार भी मेरे साथ था। मोना की माँ को देखा, और देखा कि उसने बड़े प्यार से मुझे अन्दर आने और बैठने के लिए कहा, जैसे वह मुझे जानती हो, शायद मोना के मुँह से सुनकर।

''मैं तो बेटे, खुद ही सोचती थी कि तेरे घर जाऊँ, तेरे आगे झोली फैला दूँ...'' मोना की माँ ने जब मुझे कमरे में बैठाकर और फिर मेरे पास बैठते हुए यह कहा, मैं सिर से पैर तक हिल-सा गया था। हड़बड़ाकर बोला था, ''लगता है, आपने मुझे गलत पहचाना है...''

''तन बूढ़ा हो जाता है बेटे, नज़र बूढ़ी नहीं होती। मैंने तुझे देखते ही पहचान लिया था। राकेश नाम है न तेरा?'' मैंने तेरी तस्वीर देखी है। उसने जब यह कहा तो याद आया कि मैंने एक बार मोना को एक तस्वीर दी थी, मोना को नहीं, मोना के हाथ काशनी को। और मैं सोचने लगा कि मोना ने मेरी वह तस्वीर अपनी माँ को दिखाई होगी।

''तेरे नाम की माला जपती है, तेरी भक्तिन। आखिर मेरे पेट की जन्मी है, मैं उसके मन की बात नहीं समझती भला? जो किताब वह रोज़ रात को पढ़ती है, तेरी तस्वीर उसने उस किताब में रखी हुई है...''

''मेरी तस्वीर!...'' मुझे नहीं, मेरे सपनों को एक चोट-सी लगी और मैं सोच में पड़ गया कि मोना ने मेरी तस्वीर अभी तक काशनी को क्यों नहीं दी थी।

''यह देख बेटा...मैं चाहे दूर खाट पर सोई होती हूँ, पर जितनी देर तक आँख नहीं लगती, यह भी ताड़ जाती हूँ कि वह दो पन्ने पढ़ती है, और फिर कितनी-कितनी देर तक तस्वीर को देखती रहती है...'' यह कहकर वह एक सन्दूकची में से किताब निकाल लाई। किताब निकालती हुई सन्दूकची ही उठा लाई। कहने लगी—''किताब तो अंग्रेज़ी की है, पता नहीं क्या है, पर वह नियम से गीता की तरह इसे पढ़ती है।''

मैंने किताब हाथ में पकड़ी और किताब सहित मेरा हाथ ठिठक गया। 'इन्साइक्लोपीडिया ऑफ़ मर्डर'। किताब का नाम देवीकुमार ने भी पढ़ लिया था,

उसने मेरी तरफ़ देखा और मैंने उसकी तरफ़।

किताब में मेरी तस्वीर पड़ी हुई थी ऐसी, जैसे सफ़ों की निशानी रखी हो। किसी-किसी सफ़े पर किसी पंक्ति के सामने लाल पेंसिल की लकीर थी। लकीर वाली एक पंक्ति मैंने पढ़ी, लिखा था, ''छह कत्ल वह कर चुका था, सातवाँ कत्ल सिर्फ़ इसलिए उसने किया था कि उसके ख़याल के मुताबिक सात नम्बर 'लकी' होते हैं।'' पिछले कितने ही दिन सवाल की तरह मेरी आँखों के सामने घूमने लगे और फिर लाल लकीर वाली एक और पंक्ति पढ़ी। यह किताब की इण्ट्रोडक्शन में से थी, ''कोई साइंटिफ़िक कारण नहीं लगता, पर यह अजीब बात है कि जो कातिल बहुत मशहूर हुए हैं, अक्सर उनके नाम ए. से लेकर एम. तक के अक्षरों से शुरू होते हैं...'' मोना लीज़ा... और मेरे कानों में गूँजने लगा—''मेरा नाम एस. से शुरू होता है, पर मैं चाहती हूँ कि मेरा नाम कोई वह हो, जो ए. से लेकर एम. तक के बीच के अक्षरों से शुरू हो।'' ये शब्द मेरे कानों में गूँज रहे थे और मुझे लगा कि मेरी ज़बान मेरे मुँह में लकड़ी की तरह सूखती जा रही थी, और मेरे सिर को चक्कर आ रहे थे।

किताब में से मैंने अपनी तस्वीर निकाल ली, और किताब को सन्दूकची में रख दिया। सन्दूकची का ढक्कन बन्द करते हुए एक ख़याल मुझे आया और मेरा हाथ वहीं का वहीं रुक गया। मैंने ढक्कन फिर उठाया। उलट-उलट की ज़रूरत नहीं थी, सामने वे सारे कागज़ पड़े थे जिन पर मैंने नज़्में लिखकर काशनी को भेजी थीं। मैंने एक-एक कर सारे कागज़ उठा लिए। यह सोचने लायक वक्त नहीं था कि ये सब कुछ मोना ने काशनी को क्यों नहीं दिखाया। सिर्फ़ यह सोच रहा था कि अगर इस सन्दूकची की मालकिन की माँ इन कागज़ों को ले जाने से रोकेगी तो उस वक्त क्या कहूँगा। पर उसने खास कुछ नहीं कहा, सिर्फ़ कहा, ''ये कागज़ तेरे हैं बेटा! जो तुझे ज़रूरत हो तो ले जा...''

उसने मौके को सँभाल लिया लगता था। मेरा मुँह कोई खुश नहीं दिख रहा होगा। उसने भी देखा होगा। मेरी तस्वीर भी मेरे हाथ में थी। उसने कुछ नहीं कहा। वैसे बात करने लगी, शायद सिर्फ़ बात करने के लिए, ''अपनी हिम्मत से ही इतना पढ़-लिख गई है, नहीं तो सिर पर बाप नहीं है, कौन पढ़ाता...''

बाप का ज़िक्र सुनते ही मेरे मन में कुछ खरोंच-सा गया। मैंने पूछा, ''वह कितने बरस की थी, जब उसका बाप मर गया था?''

''जाने किस जन्म में पाप किया था बेटा, इधर यह लड़की गोद में आई और उधर उसका बाप चल बसा...'' वह पल्ले से आँखें पोंछती हुई कहने लगी। पैरों के नीचे से ज़मीन निकलने का मुहावरा मैंने सुना था, पर उस वक्त मुझे सचमुच यह

लगा कि मेरे पैरों के नीचे से निकलकर पता नहीं ज़मीन कहाँ चली गई थी। किसी ज़मीन को सँभालने की कोशिश में मैंने कहा, ''मुश्किल से दस-बारह साल की होगी, जब इसका बाप...''

''दस-बारह बरसों की कहाँ बेटा, दस-बारह महीनों की...उसे तो बाप का होश भी नहीं, दस-बारह महीने के बच्चे को क्या होश होता है...''

मुझे लगा कि मेरे पैरों के नीचे से ज़मीन निकल गई थी, पर अभी मुझे पैरों के नीचे और नई ज़मीन मिल गई थी। मैंने उससे पूछा, ''तुमने बड़ी मुश्किल के दिन देखे होंगे ? उसके चाचा-ताऊ ने उसे पाला और पढ़ाया होगा...''

''ना कोई आगे और ना कोई पीछे, उधर उसके ननिहाल में कोई मामा नहीं, मामा को बड़ी ममता होती है बेटे! इधर ददिहाल में ना कोई चाचा, न ताऊ। चाचा-ताऊ भी हो तो नाक रखने के लिए कुछ करते ही हैं ना...''

वह पल्ले से अभी आँखें पोंछ रही थी, जिस वक्त मैं उठ बैठा, देवीकुमार भी उठ बैठा। ''बेटा! बिन मुँह जुठाले ही चल दिए...कुछ मिनट बैठ जाओ, मैं चाय का घूँट बना लाती हूँ...'' बात उसके मुँह में थी जिस वक्त मैं ड्योढ़ी में था। कुछ नहीं कहना था, पर इस बेचारी औरत के मन से भ्रम दूर करने के लिए मैंने कहा, ''मुझे बड़ी जल्दी है इस वक्त, वह आएगी तो कह देना, तेरे वीराजी आए थे...''

''वीराजी'' लफ़्ज़ के साथ मुझे अपने होंठों के ऊपर भी एक छाला पड़ गया, और मैंने देखा कि सामने खड़ी उस बेचारी बूढ़ी औरत की ज़बान पर भी एक छाला पड़ गया था। वह मेरे मुँह की तरफ देखने लगी—सामने दिख रहा था कि मोना ने जो कुछ भी मेरे बारे में बताया था, उस 'कुछ' में मेरे वीराजी होने की सम्भावना बिलकुल नहीं थी।

इसके बाद मुझे पता नहीं कि मोना कब अपनी मौसी के गाँव से आई होगी, उसकी माँ ने उसे क्या पूछा और बताया होगा। मोना फिर मुझे मिलने नहीं आई। रक्षा का ब्याह हो गया और कोई घटना नहीं हुई। सिर्फ़ घर में एक खलबली मची रही कि घर में से किसी भेदी ने सोने का गोखरू चुरा लिया था।

रक्षा चुप रहना चाहती थी। मोना को दिए हुए गोखरू वाली बात बताते हुए उसे सारी बात बतानी पड़ जाती। वह यही शुक्र कर रही थी कि गोखरू खोकर उसकी जान सुखरू हो गई थी। देवीकुमार ने रक्षा को शायद कोई सन्देश या सौगात नहीं देनी थी, पर अब एक दोस्तदिल होने का सबूत देने के लिए उसने मेरे द्वारा कुछ किताबें और एक घड़ी भेजी।

मैं मोना को एक बार मिलना चाहता था। एक-एक बात पूछकर उसके मुँह का रंग देखना चाहता था—मोना लीज़ा के मुँह का रंग—कि सुना, मोना का ब्याह हो गया था। मकान की मालकिन ने मुझे यह खबर बताई थी। फिर उसने होंठ काटते हुए यह भी बताया था कि ''लोग तिल का ताड़ बनाते हैं, कहते हैं कि उसे दिन चढ़े हुए थे, इसलिए रातों-रात उसके फेरे डाल दिए गए—क्या पता इसलिए कि मर्द उसका हम उम्र नहीं है। सुना है, बड़ी उम्र का है, वैसे कहते हैं, बड़ी ज़मीन का मालिक है...लोगों को जलन भी तो बहुत होती है...किसी को भरा-पूरा देखकर खुश नहीं होते...'' और फिर वह मेरी तरफ़ देखती, मुझे घूरती-सी कहने लगी थी, ''तुझे भी उसने ब्याह की खबर न की ? वैसे तो 'वीराजी, वीराजी' कहती के होंठ सूखते थे।''

हादसे जब होते हैं तो होते ही जाते हैं। कुछ महीने बीते थे, मकान-मालकिन ने मुझे दफ़्तर से आते हुए दरवाज़े पर ही रोक लिया। दोनों हाथ मलते हुए कहने लगी—''तूने कुछ सुना है, मैंने तो ज़ुल्म की बात सुनी है...बदनसीब ने उलटी पट्टी पता नहीं कहाँ से पढ़ ली...'' उसने अपनी बात में अभी तक मोना का नाम नहीं लिया था, पर मुझे पता था, वह उसकी बात कर रही थी, कहने लगी, ''आँखों से देखा नहीं पर सुना है कि दरवाज़े में घुसते ही हवेली उसने अपने नाम लिखवा ली, फिर पता नहीं उसे काहे का दु:ख था, परसों-चौथे दिन उसने अपने मर्द को काट डाला, सोते पड़े को। फिर कहते हैं, टुकड़े-टुकड़े करके सारी रात उसे कागज़ों में बाँधती रही। रंगदार कागज़ों पर उसने चाँदी के वरक लगाए और टोकरे में ऐसे रख लिए, जैसे पिन्नियाँ रखी हों! सुबह जब नौकर-चाकर जागे तो उन्हें कहने लगी, 'शाहजी सुबह ही कहीं बाहर चले गए हैं।' फिर मोटर में टोकरे रखवाकर खुद ही मोटर चलाकर कहीं चली गई, किसी कुएँ या खाई में फेंकने गई होगी। कम्बख़्त ने चाँदी के वरक लगाए होंगे कि घर के नौकरों को कोई शक न पड़ जाए। दोपहर के वक़्त लौट आई। किसी को शक नहीं हुआ। पर खून कहाँ छुपता है। सात पर्दों में भी बोलता है। शाहजी बाहर से लौटकर ही न आए। फिर पता नहीं मुंशी-मुनीमों को शक पड़ गया कि किसको, किसी ने पुलिस को खबर दे दी, और फिर कहते हैं, पुलिस ने कुछ चीलें देखीं, जिनकी चोंचों को वरक लगे हुए थे। जहाँ चीलें बार-बार उड़ती थीं, पुलिस ने ज़र्रा-ज़र्रा वह जगह छान डाली और फिर जो ढूँढ़ना था, ढूँढ़ लिया। पुलिस दरवाज़े पर आ बैठी। पुलिस के हाथों से कहाँ जाती! पुलिस ने जब दरवाज़ा तोड़कर उसे निकाला तो वह मरने के करीब थी। हस्पताल ले गए। पता नहीं बचती है कि नहीं, वैसे भी पूरे दिनों से थी...

''उसकी माँ को खबर देने आज कोई मुंशी आया था। सारी बात पड़ोसियों को भी सुना गया है। सवेरे अखबारों में भी यह बात आ जाएगी...''

बात अख़बारों में आनी थी, आ गई। और फिर यह भी ख़बर कि वह हस्पताल में मर गई थी। इस बात को भी कितने दिन बीत गए हैं, पर कभी बैठता हूँ, सोचता हूँ तो मेरे सामने एक तरफ़ मेरी वे नज़्में आ जाती हैं जो मैंने काशनी के लिए लिखी थीं— या यह कह सकता हूँ कि मोना ने काशनी के नाम पर मुझसे लिखवाई थीं और एक तरफ़ 'इन्साइक्लोपीडिया ऑफ़ मर्डर' का एक नया पन्ना, जो उस किताब से बाहर है, फिर उस किताब में है। और इन दोनों के बीच वह आ जाती है—मोना लीज़ा...नहीं, मोना लीज़ा नम्बर दो। और उसकी वे सारी बातें, जिन्हें वह ख़ुद ही गढ़ती थी और आप ही सुनाती थी और फिर उनसे उपजी किसी की हैरानी और परेशानी को देखकर वह मुस्कराना चाहती थी। मोना लीज़ा जैसी मुस्कराहट! नहीं, मासूम भेदों से भरी हुई नहीं, भयंकर भेदों से भरी हुई मुस्कराहट!

# बड़े घर की दीवार

'लोग क्या कहेंगे'—यह घटना कल्पना में भी नहीं आ सकती, इसलिए मैं सिर्फ़ इतना ही कहना चाहूँगी कि अगर यह घटना और उसका ब्यौरा मैंने हरफ़-हरफ़ सुना न होता, तो मैं यह कहानी नहीं लिख सकती थी।

## लोग क्या कहेंगे

बड़े-बड़े घरों की एक बस्ती थी। कई घर दो मंज़िला थे, और कई घरों के बगीचे की नुक्कर में, पेड़ों से घिरा हुआ, वह कमरा भी बना हुआ था, जो मेहमानों के काम आता था। इसी बस्ती के एक घर में, निचली मंज़िल के सोने वाले कमरे में आज एक मर्द भी था, और एक औरत भी...

रात आधी गुज़र गई, तो सोई-जागती औरत ने देखा, कि उसके साथ सोया हुआ मर्द भी पूरी तरह सोया हुआ नहीं था। औरत ने हौले से पूछा—आज नींद नहीं आई ?

मर्द ने मद्धिम आवाज़ में कहा—आई थी, पर उखड़ी-उखड़ी...

औरत ने देखा—बाहर से, सड़क वाली बिजली की रोशनी थोड़ी-सी खिड़की को लाँघ कर कमरे में आ रही थी। कहने लगी—शायद इस रोशनी की वजह से नींद भी नहीं आ रही, खिड़की बंद कर दूँ?

मर्द कुछ देर चुप रहा, फिर हौले से कहने लगा—नहीं, इतनी-सी हवा कमरे में आने दो !

औरत हँस दी, कहने लगी—आज इस कमरे में आकर मुझे अजीब लग रहा है...

मर्द ने भी कहा—हाँ, मुझे भी अजीब लग रहा है...

औरत कहने लगी—जब तुम मुझे ब्याह कर लाये थे, मैं इसी कमरे में आई थी...

मर्द खामोश रहा, तो औरत ने कहा—बस, थोड़े से दिन इस कमरे में रही थी, फिर तुमने मेरा कमरा बदल दिया...

मर्द हँस सा दिया, कहने लगा—तुम्हें जो सुख मैं नहीं दे सकता था, वह देता रहा...

औरत की आवाज़ खिंच सी गई, कहने लगी—वह तेरा बाप था...

आदमी ने कहा—हाँ, बाप था पर खब्ती...

औरत चुप हो गई, फिर हौले से कहने लगी—यही फिकरा था, जो तुमने मुझे दस बरस पहले बोला था। कहा था कि वह खब्ती है, और घर का सारा पैसा बाहर

की औरतों पर लुटाता है, और तुमने मुझे—घर की औरत को उसके हवाले कर दिया—कि पैसा घर में रहे...

मर्द ने सिरहाने की रूई में एक मुट्ठी-सी भरी, और कहने लगा—तेरे पर भी उसने बहुत लुटाया, कभी तुम्हें बम्बई ले जाता, कभी किसी पहाड़ पर—तुम दोनों बड़े-बड़े होटलों में रहते थे...

औरत सामने दीवार पर पुते हुए अंधेरे की ओर देखती रही, फिर तुनक कर कहने लगी—तुमने ही तो कहा था कि उसकी बात को न नहीं करनी...

मर्द ने सिर्फ़ इतना कहा—हाँ, मैंने ही कहा था...

फिर चुप को तोड़ती-सी, औरत की आवाज़ आई—तब माँ ज़िन्दा थी। वे दोनों ऊपर वाली मंज़िल पर रहते थे। जाने मन में क्या सोचती थी—जब वहाँ घंटों भर मुझे देखती थी...

मर्द कहने लगा—इसीलिए फिर उसे बाहर बगीचे वाले कमरे में रख दिया...

औरत ने एक लम्बी साँस ली, कहने लगी—अगर वह किसी को बता देती...

मर्द ने जल्दी से कहा—मुझे पता था, वह किसी को कुछ नहीं बताएगी—सोचेगी, बताऊँगी तो लोग क्या कहेंगे...इसीलिए वह रात-दिन पूजा-पाठ करने लग गई थी। कोई पूछता था कि अकेली इस कमरे में क्यों रहती है, तो कहती—कहता-कहता वह चुप हो गया।

— कहती थी कि अब बहू आ गई है, घर को सम्भालने वाली, मैंने तो मन परमात्मा की ओर लगा लिया...

— पर अन्दर से सब कुछ जानती थी! औरत ने कहा, पर मर्द न बोला, तो औरत ने ही फिर कहा—

वह परमात्मा की ओर लगी, तो परमात्मा ने उसे बुला लिया...यह सब कुछ देख कर उसने क्या करना था...

मर्द चुप रहा। औरत कितनी ही देर खिड़की में से रोशनी को देखती रही, फिर कहने लगी—आज तुम्हें बहुत खुश होना चाहिए—थोड़ी-सी कॉफ़ी बना कर लाऊँ?

मर्द ने सिर्फ़ 'अच्छा' कहा, और कुछ नहीं। औरत बिस्तरे से उठ कर, बाहर वाले बरामदे की बत्ती जला कर रसोई में चली गई, और कॉफ़ी के दो प्याले बना कर ले आई। दोनों प्याले बिस्तरे के पास पड़े छोटे मेज़ पर रखती हुए कहने लगी—बत्ती जलाऊँ?

— नहीं! मर्द ने कहा। औरत ने उसी हल्के से अंधेरे में एक प्याले को सम्भाल कर उसके हाथ में पकड़ा दिया। वह बिस्तरे पर ही थोड़ा उठ सा गया था। औरत ने दूसरा प्याला खुद पकड़ा, पहला घूँट भरते हुए कहने लगी—आज तुम्हें बहुत खुश होना चाहिए...

मर्द चुपचाप कॉफ़ी पीता रहा। औरत ने कहा—तू जब मुझे ब्याह कर लाया था, तो यही कमरा था, जहाँ बैठ कर तुमने मुझे कहा था—यह घर मेरे बाप का है, मेरा नहीं। किसी दिन इसे चारों भाई बाँट लेंगे...

और, औरत हँस सी दी, कहने लगी—पर आज यह सारा घर तुम्हारा है। उस मरने वाले ने सारा तुम्हारे नाम कर दिया...

मर्द ने कहा—बाकी तीनों अमरीका में रहते हैं, वहाँ उन्होंने अपने-अपने घर बना लिए हैं...

औरत ने कहा—हाँ, पर उनका हक तो बनता था, बाप की जायदाद पर...

मर्द की आवाज़ कुछ धड़क सी गई। पूछने लगा—जब बड़ा आया था मौत की खबर सुन कर, कुछ कहता था?

— हाँ, एक बार उसने पूछा था कि बाप के सारे कागज़ पत्तर कहाँ हैं? मैंने वसीयत वाला कागज़ दिखा दिया था कि उसने मरने से पहले, सारा घर तुम्हारे नाम कर दिया था...औरत ने बताया।

— फिर? मर्द ने पूछा, तो औरत कहने लगी—कुछ नहीं। उसने एक बार वसीयत देखी, फिर कहने लगा—ठीक है, हमने तो बाप की सेवा नहीं की, छोटे ने ही की थी, सो ठीक है...

मर्द चुप रहा। औरत कहने लगी—वह मरने वाला सब कुछ मेरे नाम करना चाहता था, पर तुमने उसे करने नहीं दिया।

मर्द ने कुछ रूखी आवाज़ में कहा—वह भी जानता था कि बेटे को छोड़ कर, अगर यह घर उसने तुम्हारे नाम कर दिया तो लोग क्या कहेंगे...

औरत ने सिर्फ़ इतना कहा—सो तेरा घर भी रह गया, और घर का पैसा भी घर में रह गया...

फिर औरत चुप हो गई, तो लम्बी चुप को तोड़ते हुए मर्द ने कहा—तुझे पता है, कि डॉक्टर ने तेरे लिए क्या कहा है?

औरत थकी सी आवाज़ में कहने लगी—हाँ, पता है...

मर्द ने पूछा—तुम्हें यह कैसा लगता है कि तेरे बच्चा कभी नहीं हो सकता...

कॉफ़ी का घूँट औरत के गले में फँस गया। कहने लगी—बच्चा मेरे पेट में था, जब तुमने ज़ाया करवा दिया...तभी कोई नुक्स पड़ गया होगा, उसमें मेरा क्या कसूर है...

और छाती में से उठती हुई एक लपट-सी औरत के होंठों पर आ गई—तुमने मेरा बच्चा ज़ाया क्यों करवाया था...

रात का अंधेरा आसमान से उतर कर, जाने कितना औरत की छाती में उतर गया। पूछने लगी—तो अब तू मुझे छोड़ कर और ब्याह करेगा बच्चे के लिए?

मर्द चुप रहा...

औरत ने आग के घूँट की तरह कॉफ़ी का आखिरी घूँट भरा और कहने लगी—
बोलता क्यों नहीं ?

मर्द ने कहा—अगर बच्चा नहीं तो यह घर, मकान क्या करूँगा...

औरत ने मर्द की छाती से उसकी कमीज़ की मुट्ठी इस तरह भरी, जिस तरह
उसकी छाती में से मांस की मुट्ठी भरी हो। कहने लगी—पर तुमने मेरा बच्चा ज़ाया
क्यों करवाया था ? मर्द ने औरत के हाथ को अपनी कमीज़ से जैसे तोड़ कर अलग
किया और कहने लगा—क्या पता, वह मेरा था कि उसका ?

औरत के हाथ से गिरता प्याला नहीं टूटा, पर वह जैसे खुद टूट गई...

मर्द ने आवाज़ को सँभालते हुए कहा—मैंने तुम्हें यह तो नहीं कहा था कि तू
यह घर छोड़ कर चली जा—तू आराम से उस बगीचे वाले कमरे में रहना...

औरत की टूटती-सी आवाज़ निकली—वहाँ, जहाँ तुमने अपनी माँ को रखा
था—घर से निकाल कर...

मर्द चुप रहा...

औरत बोली—अगर मैं सब कुछ बता दूँ, सब को बता दूँ तो ?

मर्द कहने लगा—नहीं, तू नहीं बता सकती। तुमने जो किया, बताएगी, तो तुम्हें
लोग क्या कहेंगे...

औरत की आवाज़ जैसे गले में फँस गई, मर्द कहने लगा—सोचा तो था कि वह
जल्दी चला जाएगा, चार पैसे बच जाएँगे, और हम फिर आराम से रहेंगे। पर उसने
मरने में बहुत देर कर दी...

औरत की आवाज़ बदन से निकल कर होंठों पर आ गई—नहीं, मैंने जीने में
बहुत देर कर दी...

और सूरज की पहली लौ के साथ जब बिस्तरे से उठ कर बाहर वाले द्वार की
ओर बढ़ी तो मर्द ने तेज़ी के साथ उसके पास जाकर पूछा—कहाँ चली है ?

औरत ने मुड़कर नहीं देखा, सिर्फ़ कहा—जहाँ मुझे दस बरस पहले जाना
चाहिए था। उस दिन, जिस दिन तुमने मुझे अपने पास से उठा कर उसके पास भेजा
था...

## शनि की कसम

महाराष्ट्र में एक छोटा-सा गाँव है, सिंगनापुर, जहाँ करीब दो सौ साल पहले बाढ़ आई थी, और नदी में एक बहुत बड़ा और बहुत लम्बा काला पत्थर जाने कहाँ से बहता हुआ आया, जो उस गाँव के पास आकर वहीं अटक गया। लोगों ने उस पत्थर को देखा तो पाया, यह शनि देवता का प्रतीक है, और कुछ हो नहीं सकता।

पत्थर को बहुत से लोगों ने मिल कर नदी से निकाला, और सोचा कि शनि देवता हमारे गाँव में बसना चाहते हैं, तभी तो हमारे गाँव के पास आकर रुक गए। लोग सोचने लगे कि शनि को एक घर में स्थापित कर देना चाहिए, और वहाँ इसकी पूजा करनी चाहिए। सभी घर छोटे थे, और पत्थर बहुत बड़ा था, इसलिए गाँव के बीच बनी चौपाल में उसे स्थापित कर दिया गया।

कहा जाता है कि शनि देवता किसी झूठ को बर्दाश्त नहीं करते, इसलिए गाँव वालों ने शनि की कसम खाई कि वे कभी झूठ नहीं बोलेंगे। गाँव वाले चोरी-चकारी करते थे, और ज़ाहिर था कि चोरी करेंगे तो झूठ बोलना पड़ेगा, इसलिए मान लिया गया कि उस गाँव में कभी किसी की चोरी नहीं होगी।

मैं जनवरी 1985 में इस गाँव में गई थी, यही सब अपनी आँखों से देखने के लिए। शनि देवता को देखा, बहुत बड़े काले पत्थर की सूरत में, जहाँ आक के पत्तों से और आक के फूलों से लोग उसकी पूजा कर रहे थे। रोज़ सुबह के वक्त काम पर जाने से पहले पूरे गाँव के लोग यह पूजा करते हैं...

फिर कितने ही घरों में गई, जहाँ किसी घर को दरवाज़ा नहीं लगाया जाता। भीतर किसी कमरे को भी दरवाज़ा नहीं लगाया जाता। ताला और सांकल उस गाँव में वर्जित हैं। सब खुला रहता है। घर में सोने-चाँदी के जेवर एक मिट्टी की हंडिया में उसी तरह पड़े रहते हैं, जैसे और छोटे-छोटे मिट्टी के बरतनों में दाल-चावल रखे जाते हैं।

और यह हकीकत है—कि उस गाँव में पिछले दो सौ साल से कभी चोरी नहीं हुई। और गाँव वालों ने दो सौ साल से कभी पुलिस और थाने की सूरत नहीं देखी।

इस गाँव को अब शनि सिंगनापुर कहते हैं।

## गोद में खेलते हुए ईश्वर की कसम

हम सब जानते हैं कि बड़ी-बड़ी अदालतों में, कई बार बड़े प्रतिष्ठित लोग भी गवाही देते समय ईश्वर की कसम खाते हैं कि जो कहेंगे, सच कहेंगे, और इसके बावजूद भी वे झूठी गवाही दे जाते हैं। लेकिन कबीला-परम्परा में एक रवायत चली आती है कि वे लोग किसी गवाह से निराकार ईश्वर की कसम खाने को नहीं कहते, जानते हैं कि ईश्वर को तन की आँख से नहीं, मन की आँख से देखना होता है,

और जो लोग मन की आँख से नहीं देख पाते, उन्हें ईश्वर तो दिखता नहीं, इसलिए बड़ी आसानी से उसके नाम की झूठी कसम खा लेते हैं। और इसीलिए कबीले वालों की परम्परा में जब कोई गवाही लेनी होती है, तो गवाह को अपनी गोद में खेलते हुए बच्चे की कसम खिलाते हैं...

अपना बच्चा अपनी गोद में खेलते हुए ईश्वर की तरह दिखता है, और कोई बाप इतना पत्थर नहीं होता कि अपने बच्चे की झूठी कसम खा ले। और इस तरह कबीले वाले बात की सच्चाई को पा लेते हैं।

## दोस्ती की कसम

अंधेरे की छाती में दीये की एक लपट की तरह उतरते हुए रजनीश प्यार से कहते हैं—देखो, अंधेरे में घबराना नहीं। बहुत गल्तियों-गुनाहों का अंधेरा इकट्ठा होता रहा, बरसों से इकट्ठा होता रहा, लेकिन अंधेरे से मुक्त होने की यह विधा नहीं है, कि जितने बरसों का अंधेरा है, उसे दूर करने में उतने ही बरस लगेंगे। उसका बड़ा सीधा-सा उपाय है—अंधेरा चाहे कई बरसों का हो, उसमें एक दीया जला दीजिए—अंधेरा उसी वक्त मिट जाएगा—उसी क्षण—बस चेतना का एक दीया जलाना है...

और रजनीश इनसानी फ़ितरत को समझते हुए प्यार से कहते हैं—देखो! क्रोध से घबराना नहीं! आता है, आने दो, इसे दबाना नहीं है। इसे दबा लोगे, तो किसी दिन ज्वालामुखी की तरह निकलेगा। जो कुछ भी दब जाता है, वह मिटता नहीं। उसे अपने से गिरा देने का सीधा-सा उपाय है, जब आता है तो इसे एक दर्शक की तरह देखो! ज़रा फ़ासले पर खड़े होकर देखो। आपकी जो आँखें क्रोध से तमतमा गईं, आपके जो साँस आपके होंठों पर जलने लगे, आपके जो हाथ क्रोध से काँपने लगे, अपनी उसी सूरत को एक दर्शक की तरह देखो! और आप कुछ ही क्षणों में पाएँगे कि क्रोध गिर गया...आप क्रोध से मुक्त हो गए...और आपके हाथों जो होने वाला था, वह नहीं होगा...

रजनीश जी का पूरा चिंतन स्वयं से दोस्ती करने का संकेत है। काम, क्रोध, लोभ और अहंकार के वश में हो जाना स्वयं से दुश्मनी कर लेना है। और इन सब को दर्शक होकर देखना, स्वयं से दोस्ती कर लेना है...

यह जितनी भी स्याह ताकतें हैं, हम इनके वश में हो जाएँ, तो स्वयं की सूरत बिगड़ जाती है। और इन स्याह ताकतों को हम अपने मन बदन से झाड़ दें, तो स्वयं पर एक सौन्दर्य बरसने लगता है...

हम अपने दोस्त हो जाएँ, तो फिर कोई भी गलत काम ऐसे लगता है, जैसे हम अपने से दुश्मनी कर रहे हों। अपने अंतर के सौन्दर्य को पहचान लेना ही हमें

अपना मित्र बना देता है। फिर कोई हल्फ़ उठाना नहीं पड़ता, कोई कसम खानी नहीं पड़ती, वह अपने से की हुई दोस्ती ही ऐसी कसम बन जाती है—कि कोई भी झूठ अपना अपमान लगता है...और अपने हाथों अपमान किया नहीं जा सकता।

## आत्महत्या से पहले लिखी हुई एक प्राचीन कविता

होंठों पर ज़िन्दगी की प्यास लिए, इनसान जाने कितने मरुस्थल अपने बदन पर झेलता है। दुनिया के इतिहास में एक नज़्म मिलती है, उस काल की, जब दुनिया में कागज़ नहीं बना था। और यह नज़्म किसी उसकी लिखी हुई है, जो अपने नाम की जगह लिखता है—'वह आदमी जो दुनिया से ऊब गया।' और उसने आत्महत्या करने से पहले कुछ पंक्तियाँ लिखीं...

उस काल में एक पेपिरस नाम का पेड़ होता था, मिस्र में, जो नील दरिया के आस-पास लगाया जाता था। उसकी मोटी जड़ की लकड़ी से किश्तियाँ बनती थीं, और जो चार हाथ लम्बी उसकी डंडियाँ निकलती थीं, उनके फूल तो देवताओं को अर्पित किए जाते थे, और डंडियों से कागज़ बनाया जाता था। वे डंडियाँ एक-सी लम्बी काट कर, ज़मीन पर बिछा दी जातीं, फिर और डंडियाँ उल्टे रुख से, दूसरी पर्त की तरह उसके ऊपर बिछाई जातीं।

नील दरिया का पानी उन पर छिड़क दिया जाता, और डंडियों से निकलने वाला रस, उन्हें आपस में जोड़ देता। फिर वे टुकड़े जब धूप में सूख जाते, तो लोहे के बेलन से ऊन की तह बिठा कर, हाथी दाँत को पीस कर, उन तहों को चमका लिया जाता। सीपियों को भी पीस कर यह काम लिया जाता था। फिर उसी के टुकड़े काट कर, उससे कागज़ का काम लिया जाता था।

मिस्र की प्राचीन धार्मिक रचनाएँ उन्हीं कागज़ों पर लिखी मिलती हैं। उन्हीं प्राचीन पत्तरों में किसी के हाथ की लिखी हुई एक कविता मिली थी, जो किसी ने खुदकुशी से एक घड़ी पहले लिखी थी—

*आज*
*मौत मेरे सामने खड़ी है—साक्षात्*
*मैं इस तरह—जैसे एक कैदी*
*बंदीखाने से छूट कर बाहर जाने को है*
*आज*
*मौत मेरे सामने खड़ी है—साक्षात्*
*और उससे कमल फूलों-सी सुगन्ध आती है*
*मैं इस तरह—जैसे कोई*

*बौर आई धरती के किनारे पर बैठा हो।*
*आज*
*मौत मेरे सामने खड़ी है—साक्षात्*
*और मैं इस तरह—जैसे कोई आदमी*
*घर जाने के लिए तरस गया हो*
*और कोई वह—जिसने कितने ही बरस*
*एक कैद में गुज़ारे हों!*

# एक नज़्म की दास्तान

इनसानी मन जाने कैसा जुलाहा है कि वह जिस तरह चाहता है, सभी पाप और पुण्य अपने ताने-बाने में बुन लेता है। जिन ठगों और डाकुओं ने उन्नीसवीं सदी के शुरू में कैप्टिन स्लीमन के आगे आत्म-समर्पण किया था, उसका ब्योरा देते हुए जेम्स हटन ने एक किताब लिखी थी जिसमें ठगों और डाकुओं की ज़ुबानी कई हालात बड़ी तफ़सील से लिखे कि वे लोग किस तरह देवी की पूजा भी करते थे, और जंगल में किन-किन पक्षियों की आवाज़ों से अपनी किस्मत का अनुमान भी लगाते थे...

उन लोगों को फांसीगर भी कहा जाता था। उनमें से किसी ने यह भी बताया, कि यह काम अपने छोटे बच्चों से छुपा कर किया जाता है, फिर आहिस्ता-आहिस्ता जवान बच्चों को काम में शामिल किया जाता है पर कभी कोई जवान बच्चा इस काम से नफ़रत भी करने लगता है। एक बार तो एक चौदह साल का बहुत प्यारा बच्चा था, कुहोरा नाम का, उसने राह चलते बेगुनाह लोगों को तड़प-तड़प कर मरते देखा, तो काँपने लगा। वह उसी तरह काँपते-काँपते और चीखते-चीखते उसी संध्या को मर गया। यह देखकर सरदार डाकू हरसुका का मन दुनिया से उपराम हो गया और वह नर्मदा के किनारे एक मन्दिर में जाकर अपनी ज़िन्दगी बसर करने लगा...

उन्हीं लोगों में एक लायक नाम का आदमी था, जिसने खुशी से आत्मसमर्पण किया था, लेकिन जब बाद में उसे पता चला कि उसका सगा भाई पकड़ लिया गया है तो वह तड़प उठा, और उस हालात में उसने एक नज़्म लिखी, जो एक दस्तावेज़ की तरह पुलिस के कागज़ों में सँभाल ली गई। वह नज़्म थी—

*मैं एक मोती था*

*कभी सागर में सुख से रहता था*

*फिर आत्म-समर्पण कर दिया*

*सोचता था—*

*मैं एक सुन्दरी की छाती पर खेलूँगा*

*हाय रे!*

*उन्होंने मुझे बींध दिया*

*एक तार मेरे बदन से गुज़ार दी*

*और किसी की नाक का जेवर बना कर*

*हमेशा के लिए तड़पने को छोड़ दिया...*

# जंगी कैदियों की कविताएँ

बर्लिन से करीब तेरह मील उत्तर की ओर साच सेनाऊमेन नाम की एक जेल थी, और जब उसे 1958 में गिराया गया तो उसके मलबे में से एक फटी हुई कॉपी

मिली, जिसमें पचास कविताएँ थीं...

1915 में जब कुछ बैरकों की मरम्मत की गई थी, बिजली के तारों की मरम्मत एक नार्वेई कैदी ने की थी, जिसका नाम था—मार्तिन गाऊसलो, उसने बताया कि वह जब मरम्मत के काम में था, तो कुछ रूसी कैदियों ने उसे एक कॉपी दी थी, कविताओं की, जेल की दीवार में छुपा देने के लिए। और उसने रसोईघर के फ़र्श में वह कॉपी छिपा दी थी।

वह जेल पश्चिम की 27 कौमों के कैदियों का कब्रिस्तान था, जहाँ एक लाख से ज़्यादा कैदियों को कत्ल किया गया। फिर करीब 30 हज़ार कैदी बचे थे, जिन्हें 21 अप्रैल 1945 के दिन जेल से निकाल कर किश्तियों में बिठा दिया गया, समुद्र में गर्क हो जाने के लिए।

उस कॉपी में जो 50 कविताएँ हैं, उनमें से अंतिम कविता पर तारीख दर्ज है—27 जनवरी 1945 और उसकी कुछ पंक्तियाँ हैं—


इस बेगाने देश की लानती ज़मीन पर  
मुझे ज़िन्दगी से विदा होना पड़ा...  
भरी जवानी में, बेतरस हाथों से मरना पड़ा—  
अगर मेरी लाश को जला कर  
इन लोगों ने राख भी उड़ा दी, तो क्या है!  
मेरे दोस्तो! मैं तुम्हें प्यार करता था  
ज़िन्दगी की कद्रों-कीमतों का एक रिश्ता था  

तुम मेरा जनाज़ा नहीं देख पाओगे  
लेकिन तुम मर्दों की तरह उठना!  
यह कैदखाने गिरा देना  
और ज़िन्दगी का झंडा—  
आसमान तक ले जाना!  
मेरे दोस्तो! मेरे साथियो!  


## दीवारों के साये में

दुनिया भर के नेताओं का एक लम्बा इतिहास है कि अपने-अपने देश की आज़ादी के लिए, उन्हें समय-समय पर जेलों में जाना पड़ा, और उनमें से कई एक थे जिन्होंने कारागार में रह कर कई पुस्तकें लिखीं। और यह भी एक लम्बा इतिहास है कि बहुत से स्वाधीनता संग्राम के लोग थे, जिन्हें कागज़ और कलम नहीं दिए जाते थे, और उनमें से कुछ एक थे, जो मन की व्यथा को एक कविता में ढाल देते थे, और फिर दीवार को तख्ती बना कर, सन के तीखे कांटे से उस पर कुछ पंक्तियाँ लिख देते थे...

दूसरी ओर एक लम्बा इतिहास है उस खामोशी का, छोटे या बड़े अपराध करने वालों की खामोशी का, जिनकी व्यथा सदियों के सीने में दफ़न हो चुकी है। केवल एक हवाला मिलता है, फ्रांस के एक अपराधी ज्यां यैने का जो नहीं जानता था कि माँ कौन थी, बाप कौन था, और उसकी यतामत ने उसे चोर भी बनाया, धोखेबाज़ भी, ओर ज्यां यैने की बेलगाम ज़िन्दगी के कितने ही बरस फ्रांस की जेलों में गुज़र

गए। फिर जाने किस तरह अंतर में एक दीया जल गया, चेतना का दीया, और ज्यां ने बंदीखाने में बैठ कर कई पुस्तकें लिखीं, बहुत ईमानदारी से, जिनके बल पर वह फ्रांस का महात्मा ज्यां यैने कहलाने लगा...

अब तिहाड़ जेल का आश्रम बन जाना—इतिहास की बहुत बड़ी घटना है, जो किरन बेदी के नाम से वक्त का एक कीमती दस्तावेज़ होगा।

आज मेरे ज़ेहन में आता है, जब कुछ लोग मेरे सामने बैठे हैं, हाथों में कागज़ कलम लिए हुए, अपने अहसास को कागज़ पर उतारने के लिए। मानना होगा कि हर इनसान में प्यार करने वाला एक पहलू ज़रूर होता है, एक बेटे की तरह माँ से प्यार करने वाला, एक पिता की तरह पुत्र से प्यार करने वाला, एक पति की तरह पत्नी से प्यार करने वाला, और एक मित्र की तरह किसी मित्र से प्यार करने वाला। ठीक उसी तरह हर इनसान में एक शायर भी होता हे, कलाकार भी होता है, जिसके पास अहसास भी होता है, कल्पना भी होती है, कोई सपना भी होता है लेकिन अक्सर उस शायर और कलाकार को भीतर से जगाना होता है...

आप कुछ लिखना शुरू करें, इससे पहले आपको एक छोटी-सी कहानी सुनाती हूँ कि जब ईश्वर ने दुनिया बना ली, तो देवताओं को कहा—जाओ दुनिया में रहो। देवता लोग आए। तब रास्ते मुश्किल थे, खाने को जंगली फलों के अलावा कुछ नहीं था, वे घबरा कर ईश्वर के पास लौट गए। कहने लगे—हे ईश्वर! हे खुदा! दुनिया में रहना बहुत मुश्किल है। कहते हैं, ईश्वर हँस दिया, कहने लगा—आराम की जगह चाहते हो, तो इनसान के बदन में रहो। जाओ! अपनी-अपनी जगह खोज लो! और कहते हैं कि देवता लोग फिर धरती पर आए, सूर्य देवता ने इनसान की आँखों में अपने लिए जगह खोज ली। बृहस्पति ने इनसान की वाणी में जगह पा ली। मंगल देवता इनसान की बाँहों में रहने लगा। शुक्र देवता उसके अंतर की शक्ति में, और चन्द्र देवता ने इनसान के दिल में रहने के लिए अपनी जगह बना ली...

तब से सब देवता इनसान के बदन में रहते हैं। जब इनसान हँसता है, प्यार करता है, खुशी से काम करता है, तो देवता जागे हुए होते हैं लेकिन वह अंहकार में आता है, दूसरों को दबा देना चाहता है, क्रोध में आता है, दूसरों पर आक्रमण करता है, लोभ में आता है, दूसरों से छीना-झपटी करने लगता है, तो देवता लोग सो जाते हैं। बस इतनी-सी कहानी है, और इतनी सी बात, कि सबने अपने-अपने भीतर ऐसे सोए हुए देवताओं को जगाना है...

आप भी इन देवताओं को जगाइए, और अपने अंतर में सोये हुए शायर को भी जगाइए—और सहज मन अपने दुःख-सुख कागज़ पर उतारिए!

## किसी अनामिका का गीत

तिहाड़ कैदियों की कुछ नज़्मों की बात *नागमणि* में छपी थी, फिर दूसरे अंक में यह भी प्रकाशित हुआ था कि कैदियों की नज़्मों का एक मजमुआं मैं तैयार करूँगी। उसी का हवाला देकर एक दिन एक फ़ोन आया—'क्या आप मेरे कहने पर किसी का एक गीत उसमें शामिल कर लेंगी ?'

सोचा जिसने यह बात *नागमणि* में पढ़ी है, वह ज़रूर पंजाबी जानता होगा, इसलिए पंजाबी में जवाब देने लगी तो आवाज़ आई—''जी, मैं पंजाबी नहीं जानता, कुछ लोग इसकी बात कर रहे थे, वहीं से पता चला...''

मैंने पूछा आप कौन बोल रहे हैं, तो जवाब मिला—''आप मेरी मजबूरी को समझिए ! मैं अपना नाम नहीं बता सकता, लेकिन मेरे पास किसी का गीत है, जो मरते दम तक अकेले गाती रही...''

मैंने पूछा कौन थी ? जवाब मिला ''वह थी, जिसके लिए दुनिया एक बहुत बड़ा कैदखाना थी, और वह उसी की सलाखों से सिर पटकते-पटकते मर गयी...''

मैंने फिर पूछा—''पर कोई नाम तो होगा, कहाँ थी, दिल्ली में ?''

जवाब मिला—''जी नहीं, बनारस में थी। बाज़ार में...''

मैंने फिर पूछा—''लेकिन आप अपना नाम क्यों नहीं बता सकते ?''

जवाब मिला—''घर परिवार है, और इस घर-संसार को लेकर अपना नाम कैसे बता सकता हूँ...उसका नाम भी घर के लोगों ने सुना था, अब ले दूँगा, तो उनको शुबहा हो जाएगा, अब उन लोगों को दुख देने से क्या मिलेगा...दुख तो अकेले झेलना है...''

आवाज़ में दर्द था, और यह भी अनुमान होता था कि जिसकी आवाज़ है, वह कोई बड़ी उम्र का होगा। उसने फिर कहा—''उसने खुद अपने को नाम दिया था, जिसे कोई नहीं जानता, सिर्फ़ मैं जानता हूँ—वह बता देता हूँ—वह अपने को अनामिका कहती थी...''

मैंने आहिस्ता से कहा—''हाँ, शिव जी ने जिस उंगली से ब्रह्मा का सिर काट दिया था, उस उंगली का नाम नहीं लिया जाता...उसे अपवित्र मानते हैं, इसलिए अनामिका कहते हैं—जिसका कोई नाम नहीं...''

लगा—उस फ़ोन करने वाले की आवाज़ भर आयी थी, कहने लगा—''वह बाज़ार की औरत थी, ठुमरी, दादरा तो लोगों की महफ़िल में गाती थी, लेकिन अकेले में एक ऐसा गीत गाती थी, जो उसी ने लिखा था...वह सिर्फ़ मेरे पास है, और किसी के पास नहीं...''

मैंने कागज-कलम फ़ोन के पास रख लिया, और कहा—अच्छा बताइए ! मैं लिखती हूँ...

गीत लिखते हुए मेरा मन भर आया, लगा—उस अनामिका के अक्षर-अक्षर में हज़ारों गुमनाम अनामिकाओं की पीड़ा उतरी हुई है...

काहे को दीना मनुआ राम जी
काहे को दीनी यह काया
घाट-घाट पर डोलत हूँ मैं
किसी प्रेत की छाया...

हाट-हाट पर दिवस गयो है
रैन सोई न जागी
जोई जोबनवा दीयो राम जी
सोई तो बेचन लागी...

बिछुआ सा तेरा जगत राम जी

नागिन सी तेरी माया
काहे को दीना यह मनुआ राम जी
काहे को दीनी यह काया...
अब तो सुन्दर देही राम जी
भुतवा घर सी लागे
न कोई दीप जले न बाती
न पीछे न आगे
भयो बेगाना देख राम जी
अपना ही यह साया
काहे को दीना यह मनुआ राम जी
काहे को दीनी यह काया...

मैं गीत में डूब-सी गयी थी और जब सुध आई, अनामिका की और कुछ बातें करने के लिए, तो फ़ोन बंद हो गया था...और मेरे हाथ का रिसीवर एक खोये हुए वक्त की तरह मेरे हाथ में खामोश था...

## ओह खुदाया!

ज़िन्दगी की इबारत अक्षर-अक्षर जुड़ती है, और फिर कैसे अक्षर-अक्षर बिखर जाती है...मैंने ज़ाती तौर पर तो कई बार देखा, लेकिन अब मेरे देखते-देखते तिहाड़ जेल की तकदीर बदल गई। मैं 1994 में बहुत बीमार हो गई थी, और जो सोचा था कि कैदियों के होंठों से रूठी हुई शायरी कुछ फिर से उनके होंठों पर आ सकेगी—मैं वहाँ बार-बार जाऊँगी, उनसे बातें करूँगी, उनकी रगों में जमी हुई बातें कुछ पिघल जायेंगी—वह सब कुछ नहीं कर पाई। पूरा साल बिस्तर पर रही—और फिर किरन बेदी का तबादला कर दिया गया। और अब सुना है—तिहाड़ जेल जो कदम-कदम एक आश्रम बन रही थी, अब वह एक अनाथ आश्रम हो गई है...

## दुख दा दारु तेरे अंदर वसदा

शाह हुसैन का कलाम बहुत गहरे में कहीं अन्दर को छू जाता है। तन के साज़ पर रगों के तार छेड़ कर जो साईं-साईं कहे जाता है, यह लफ़्ज़ उसी के हो सकते हैं— ''दुखों की दवा अन्तर में है''। लेकिन बात उस तबीब को पाने की है, जो यह दवा खोज दे! और उसी का संकेत देते हुए शाह हुसैन कहता है—'दवा तो अन्तर में है,

लेकिन कोई संत तबीब मिले तो दवा मिल जाए...'

पीर फ़कीर तो यह दवा भीतर से खोजते आए हैं, लेकिन कभी-कभी दुनिया भी ऐसा यत्न करती थी। स्याह दौर में कभी-कभी भला वक्त भी आता है जब दरवेशों और दानिशवरों की सुनी जाती है, और बड़े-बड़े मुजरिमों की छाती में से थोड़ा-सा ख़ुदा जगाने का यत्न निज़ाम का हिस्सा हो जाता है।

पाल ब्रंटन ने पूरी ज़िन्दगी लगा दी, कायनात के कुछ रहस्य पाने के लिए। उसी सिलसिले में उसने एक बार मिस्र के एक दरवेश से बातें कीं, जो कहने लगा—"आज की मादा परस्ती का सबसे बड़ा ख़तरा यह हुआ है कि इनसान को मसनूही सोचों की आदत पड़ गई। उसने जिस्मानी तौर पर अपने को विकसित कर लिया लेकिन ज़हनी और रूहानी ताकत को विकसित करना भूल गया। और इस तरह इनसान की कल्पना बीमार होती चली गई..."

एक और फ़कीर का कहना था—"जो ख़ुदा कुछ दिनों के लिए एक कब्र में दफ़न होकर फिर ज़िन्दा निकल आता था, कि ऐसा तजुर्बा कुछ दिनों के लिए किया जाए, पूरी तकनीक को समझ कर, तो यह इनसान को जिस्मानी और रूहानी शफ़ा देता था।

कुछ सदियों पहले—वक्त के मुजरिमों को मौत की सज़ा देने की जगह, वे मुजरिम मिस्र के दरवेशों के हवाले कर दिए जाते थे, जो उन्हें कई दिन सिखलाई दे कर, कुछ दिनों के लिए मिट्टी में दफ़न होने के लिए तैयार करते थे। और फिर जब उन्हें ज़मीन से निकाला जाता था, उनकी रूहानी ताकत जाग कर, मन की सतह पर जमा हुई स्याह ताकत को मिटा चुकी होती थी। और उसके बाद वे लोग सीधी-सादी नेक ज़िन्दगी जीने के काबिल हो जाते थे...

मिस्र के उस फ़कीर ने, शाह हुसैन का ज़िकर तो नहीं किया, लेकिन बात उसी के कलाम की रोशनी में की, कि दुःखों की दवा तुम्हारे अन्तर में है, लेकिन वह तबीब नहीं मिलता, जो तुम्हारे अन्तर को जगा दे...

उसी दवा की बात करते हुए एक बार मसऊद मुनव्वर ने अपना पता इन लफ़्ज़ों में दिया—"मैं राह से भटकी हुई नस्ल का रसूल हूँ..." फिर अपने अन्तर में पड़ी हुई दवा की बात की "अल्लाह लफ़्ज़ का अ, ल और ह वह त्रिशूल है, जो उसकी हमसूरत है। हिन्दू धर्म उसी बड़ की छाया में खिला है—जिसे ओंकार कहते हैं। ओम से अल्लाह तक की यात्रा, और अल्लाह से ओंकार तक का रास्ता, सब कुदरत के रहस्य हैं। ये राज़ कहे नहीं जा सकते, लेकिन आज के सैकुलर हिन्दुस्तान का कलाम मुझे यही नज़र आता है—ओम, अल्लाह, ओंकार।"

मैं उसी को कफ़न में लपेट कर कब्र में डालने वालों की, और इनसान को शरहेआम खरीदने वालों की दुनिया में, ज़मीर को कैसे-कैसे भुलावा दिया जा सकता है, और जरायमपेशा लोग कैसे-कैसे पागल विश्वास छाती में डाल लेते हैं, उसका

एक हवाला देती हूँ...

जब कैप्टन स्लीमन ने भारत के दक्षिण में डाकाजनी कीं और कत्लोखून की वारदातों को मिटाने के कई यत्न किए, तो बाद में जेम्स हटन ने एक किताब लिखी, उसमें कई जरायमपेशा लोगों से की हुई कैप्टन स्लीमन की बातचीत भी शामिल थी। वे लोग चमड़े की रस्सी से राहगीरों के गले में फंदा डाल कर लूटमार करते थे...उन्हें बर्छी से मार कर भी, और सफ़ेद या पीले रंग के रूमाल से राहगीरों का गला घोंट कर भी।

कैप्टन स्लीमन से की गई बातचीत से पता चला कि वे जरायमपेशा लोग काली की पूजा करते थे। उनके कहने के मुताबिक ''यह तब की बात है, जब रक्तबीज नाम का राक्षस लोगों को खा जाता था। काली ने अपनी तलवार से उसे कई बार काटा, लेकिन जहाँ उसका खून बहता था, खून के हर कतरे से नया राक्षस पैदा हो जाता था। काली जब उन्हें मार-मार कर थक गई, तो उसने अपने पसीने से दो शक्तिशाली पुरुष पैदा किए। उन्हें अपना रूमाल दिया कि उस रूमाल से वे हर राक्षस का गला घोंट कर मारते जाएँ और इस तरह उनके शक्तिशाली पुरुषों ने सभी राक्षसों को मार दिया, और जब काली को वह रूमाल लौटाया, तो देवी ने वह रूमाल उन्हें दे दिया कि वे अपने सगे-सम्बन्धियों को छोड़, बेगाने लोगों का गला घोंट कर गुज़र-बसर करें।

''उस समय देवी ने हिदायत दी कि किसी स्त्री को इस तरह से न मारना। न ब्राह्मण को, न कुम्हार, बढ़ई, लोहार और सुनार को। ये लोग हाथ की मेहनत से रोटी कमाते हैं। और न ही नाचने वालों को जो अपनी कला से गुज़र-बसर करते हैं...''

और उन जरायमपेशा लोगों ने बताया कि बंगाल, बिहार और उड़ीसा में तो सभी ठग लोग अपना वचन रखते हैं। वे सब उन्हीं दो शक्तिशाली पुरुषों की औलाद हैं, जो देवी ने अपने पसीने से पैदा किए थे। लेकिन दक्षिण भारत की ओर ये पाबंदियाँ पूरी तरह लागू नहीं की जातीं...

उन लोगों में, जो बर्छीमार थे, उनका कहना था—कि एक बार काली ने खुश होकर उन्हें अपना एक दाँत दिया था। उसी से शस्त्र बनाया गया। और देवी ने अपने वस्त्र से जो फीता उतार कर दिया था, उससे फंदे की रस्सी बनाई गई...काली देवी को सफ़ेद और पीला रंग बहुत पसंद है, इसीलिए राहगीरों का गला दबा कर मारने वालों के रूमाल भी सफ़ेद होते हैं या पीले होते हैं...

वे लोग कुल्हाड़े की भी पूजा करते थे, रूमाल की भी और फंदे की रस्सी की भी...

यह एक भयानक हवाला है कि क़त्लोग़ारत में उतरने वाले किस तरह अपने ज़मीर को अपने पागल अक़ीदों से गूँगा और बहरा कर सकते हैं...

जो थोड़े से प्यारे लोग अपने दर्द की दवा अपने भीतर से खोजते हैं, उनमें से मलेशिया के एक सेनाई कबीले के लोग हैं, जो एक पहाड़ी कबीला है, कुदरत की छाती में बसा हुआ। वहाँ हर घर की दादी या माँ सुबह मेज़ पर केले, नारियल और कई फल रखती हैं। फिर घर के सब लोग फलों को काट कर टुकड़ा-टुकड़ा सब को बाँटते हैं या उस समय घर का बाप या दादा छोटे बच्चों से रात का सपना सुनता है। अगर किसी बच्चे के रात के सपने में कोई नागवार हरकत हो गई है, तो उसी समय उसका हल तलाश किया जाता है। मसलन—अगर बच्चे ने बताया कि रात सपने में उसने एक हमसाये लड़के को चपत मारी थी, या पैर से उसे गिराया था, तो घर का बुज़ुर्ग उसी समय बच्चे को उस हमसाए बच्चे के घर भेजता है...सपने में किए हुए कसूर की माफ़ी माँगने के लिए। साथ ही बच्चे के हाथों उसे कोई छोटा-सा तोहफ़ा दिया जाता है—दोस्ती की निशानी के तौर पर...

इस सेनाई कबीले का मानना है कि धरती पर अमन लाने से पहले हमने धरती के भीतर अमन लाना है। यह धरती हमारा बदन होती है, हमारी काया, जिसमें उग आए ज़हरीले झाड़-झंखाड़ से उसे बचाना है। किसी भी तरह का जुर्म ज़हरीला होता है, जिसे सपने में भी पनपने नहीं देना...और इस तरह अपने दु:खों की दवा अपने अन्तर में से खोजनी है...

❑❑❑